I0574343

DÉTENUE PAR LE ZANDIAN

RENEE ROSE

REBEL WEST

Traduction par
CATHERINE TESSIER

Traduction par
VALENTIN TRANSLATION

Copyright © 2018 Kept by the Zandian e 2024 Détenue par le Zandian par Renee Rose e Rebel West

Tous droits réservés. Cet exemplaire est destiné à l'acheteur de ce livre électronique UNIQUEMENT. Aucune partie de ce livre électronique ne peut être reproduite, numérisée ou distribuée sous quelque forme que ce soit, imprimée ou électronique, sans l'autorisation écrite préalable des auteurs. Veuillez ne pas participer ou encourager le piratage de matériel protégé par des droits d'auteur en violation des droits de l'auteur. N'achetez que les éditions autorisées.

Publié aux États-Unis

Renee Rose Romance

Ce livre électronique est une œuvre de fiction. Bien qu'il puisse être fait référence à des événements historiques réels ou à des lieux existants, les noms, personnages, lieux et événements sont soit le produit de l'imagination des auteurs, soit utilisés de manière fictive, et toute ressemblance avec des personnes réelles, vivantes ou décédées, des établissements commerciaux, des événements ou des lieux est entièrement fortuite.

Ce livre contient des descriptions de nombreuses pratiques BDSM et sexuelles, mais il s'agit d'une œuvre de fiction et, en tant que tel, il ne doit en aucun cas servir de guide. Les auteurs et l'éditeur déclinent toute responsabilité en cas de pertes, dommages, blessures ou décès résultant de l'utilisation des informations contenues dans ce livre. En d'autres termes, n'essayez pas de mettre cela en pratique !

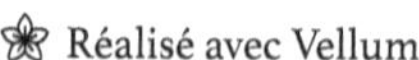 Réalisé avec Vellum

LIVRE GRATUIT DE RENEE ROSE

Abonnez-vous à la newsletter de Renee

Abonnez-vous à la newsletter de Renee pour recevoir livre gratuit, des scènes bonus gratuites et pour être averti·e de ses nouvelles parutions !

https://BookHip.com/QQAPBW

CHAPITRE UN

T*aisha*

Je peux à peine respirer. Si je ne sors pas de cette zone de stockage bientôt, je vais mourir.

Je ne sens plus mes jambes, j'ai les poumons en feu. Je ne suis même pas certaine d'être sur le bon vaisseau. Ça me semblait l'endroit parfait pour me cacher quand j'ai échappé à mon propriétaire ocretian, mais lorsqu'on est passé en hyperespace, des objets me sont tombés dessus.

Ils m'écrasent.

La palette au-dessus de moi appuie fortement sur ma poitrine et mon bras est coincé dans une position étrange. Je serre toujours la seringue de poison dans ma main. Mon sac de provisions s'enfonce entre mes omoplates. Il fait nuit noire ici. L'air est lourd et rempli de poussière. J'arrive seulement à tenir grâce à la panique et mon cœur battant la chamade.

Les moteurs vrombissent et je sens les vibrations dans mon corps – est-ce bien le son des vaisseaux zandians ? – ou bien ma palette a-t-elle été envoyée dans celle des Falcons, posée juste à côté sur le tarmac ? Si c'est le cas, j'ai de sérieux ennuis. Selon les rumeurs, les Falcons sont plus cruels que les Ocretians.

Mon esprit divague et je le revois soudain devant moi, le garde ocretian que j'ai croisé quand je m'enfuyais vers l'aérodrome. Ses grosses mains couvertes de verrues serrent mon cou, sa puanteur prend d'assaut mes narines. J'en ai la nausée.

— Tu essaies de t'échapper ? demande-t-il de son ton sifflant montrant toute sa joie. On va s'occuper de ça. Je vais personnellement superviser ta correction, esclave humaine.

— Non !

Ma voix est à peine audible. Je suis haletante.

— Les bâtons électrifiés ne seront que le commencement, se délecte-t-il.

Il serre plus fort.

Je vois des points noirs, les couleurs vacillent et c'est à ce moment que je me souviens de la seringue dans mon poing. Elle doit être utilisée en dernier recours. Je lève le bras, d'un geste vif et féroce, et je la plante dans son épaisse peau grise.

Je ferme les yeux et supplie l'univers de me sauver.

Et miraculeusement, à peine trois secondes plus tard – comme Leylah l'avait promis – sa main se ramollit, se détend, telle une fleur la nuit. Ses muscles se relâchent jusqu'à ce qu'il tombe sans vie. Un tas d'os et de puanteur.

De la lumière m'aveugle d'un coup. J'entends des êtres discuter et mon corps bouge quand ils soulèvent la palette pour l'emporter ailleurs.

On m'a découvert.

La voix qui me parvient est basse, virile et profonde.

— C'est quoi ce *bordix* ?

Je ne réponds pas, comme si rester silencieuse pouvait me sauver.

— Qui es-tu et qu'est-ce que tu fais sur mon vaisseau ?

Il parle en ocretian et il répète – du moins, c'est ce que je crois – dans une langue que je ne comprends pas.

Je cligne des yeux devant la lumière soudaine – je sors de l'obscurité pour la première fois depuis deux rotations planétaires. Ma bouche est sèche, par manque de fluides ingérés. Heureusement, ils ont retiré le poids qui m'écrasait. Je peux au moins respirer.

Je suis supposée dire quelque chose, une phrase qu'on m'a apprise, mais mon esprit ne veut pas coopérer.

J'aperçois des éclairs orangés – est-ce un Falcon ? Je ne vois rien d'autre que l'Ocretian qui me serre la gorge. Je crie et me débats, mon bras coincé se relève, mes nerfs prennent le dessus. Je donne des coups dans les airs.

— Lâche-moi ! Va-t'en !

Du moins, c'est ce que je souhaite dire. Ma voix ne fonctionne pas, toutefois. Les sons que je produis sont d'horribles couinements, comme ceux d'une roue non huilée. Mon corps commence à trembler de manière incontrôlable. Ma main s'ouvre par réflexe et la seringue disparaît. Tous les bruits autour de moi s'estompent.

— Par les étoiles, je suis blessé. Mon bras. Elle m'a empoisonné.

Le locuteur semble plus irrité que blessé. Certainement pas mort comme l'Ocretian que j'ai tué en m'échappant.

— *Bordix*. Il est engourdi.

Des voix tendues se joignent à la sienne.

— Attends l'aide médicale.

— Attache-la et retire-lui son arme.

— Évalue sa dangerosité.

Je tousse et essaie de me concentrer, mais les sons filent sans s'arrêter. Quelqu'un se saisit de moi et me déplace. Je suis complètement molle.

— Elle est neutralisée.

— Mets ce pack sur son bras, immédiatement. Capitaine, dis-nous ce qu'il se passe.

Et ensuite vient cette voix, riche et profonde.

— Ça s'estompe maintenant. Il n'était pas tout à fait paralysé parce que je pouvais toujours remuer les doigts. Mais je l'ai senti. *Bordix*, il y a quoi dans cette seringue ?

Je commence à retrouver mes mots et je tousse.

— Je suis humaine, je murmure.

— De toute évidence, dit quelqu'un sèchement.

— Je demande l'asile.

— Pourquoi tu m'as agressé ? Tu as été envoyée comme espionne ?

Cette voix.

Ce n'est pas le ton tranchant et mauvais des Ocretians. Elle est... profonde et sexy. Il s'approche de mon visage, son souffle effleure ma joue.

— Ouvre les yeux. Regarde-moi.

Je force mes paupières à se soulever et à cligner. Mes pupilles s'acclimatent à la luminosité du couloir et j'examine les alentours. L'être devant moi est un guerrier habillé de blanc. Il porte une épée à la ceinture. Sa peau est d'un violet clair et de gros muscles ressortent de sa silhouette mince. Au sommet de sa tête se trouvent deux cornes qui ressemblent plus à des appendices qu'aux os d'une bête. Sa mâchoire est définie, carrée. Ses lèvres pleines et douces.

Par les étoiles.

Il est à couper le souffle. Complètement différent des maîtres ocretians qui nous possédaient sur Romon-3, mais je repousse ces pensées – ils sont le moindre de mes soucis. La chose importante est qu'il est Zandian.

J'ai bien choisi quand je me suis cachée. Si je joue bien mes cartes, je pourrai sauver ma vie.

— Je suis humaine, je répète.

Puis tout commence à s'estomper. Avant de perdre conscience, je m'assure de reproduire les mots que Leylah m'a appris, quand elle m'avait fait rabâcher chaque syllabe dans sa langue.

— Je demande l'asile. Je ferai tout ce que tu veux. S'il te plaît, aide-moi.

CHAPITRE DEUX

— Celui-là est bien.

La voix de Leylah transpire le ravissement. La vieille femme est comme une grand-mère pour toutes les esclaves de mon baraquement. Elle garde l'histoire orale et le savoir humain. Le feu vacille dans le foyer pendant que ses doigts agiles utilisent habilement une pince à épiler pour pousser et entortiller la peau du serpent que j'ai décapité au cours de la rotation planétaire.

— Un adulte mature. Je vais obtenir une bonne dose de venin.

Elle se lève, émet un *ouf* et se précipite vers son meuble de rangement. Sa démarche est lourde ce soir. Quelque chose chez elle ne semble pas normal. Étrange.

— Tu te sens bien ?

Je fronce les sourcils. Elle est au ralenti ces derniers

temps, c'est Keerah qui fait la plus grande partie de son travail sur les reptiles, mais en cet instant, elle paraît particulièrement fragile.

— Je suis toujours là. Keerah, tu veux de l'aide ?

Elle sourit, son visage ridé brille sous la lumière.

Elle penche la tête. Elle est la plus timide, la plus calme de toutes les humaines ici. Parfois, elle rougit même en parlant à celles avec qui elle interagit le plus régulièrement. Mais pour l'instant, elle est confiante. Elle déplace l'armoire et révèle la terre cuite en dessous. Mais dans le mur, un compartiment secret ayant la forme rudimentaire du meuble fait de boue et de bois, dissimule la planque.

Leylah l'ouvre et revient avec des lunettes, des gants proTek et un flacon ; que des choses troquées contre des biens précieux au marché. En tant que notre mère de baraquement, elle est autorisée à sortir, de temps en temps, pour aller dans la petite ville afin d'acquérir des produits de première nécessité. Quand des étrangers venus d'ailleurs dans la galaxie sont sur la planète, elle en profite pour faire des échanges contre des articles comme ça.

Les maîtres ocretians pensent qu'elle se procure seulement des sucreries et des vêtements. Ils n'ont aucune idée de ce qu'elle fait quand ils ont le dos tourné. De quoi nous sommes capables, même dans notre servitude. Ces trous dans leur vigilance nous permettent de rêver d'un avenir.

Leylah halète un peu en pressant la tête du serpent près de sa mâchoire. Je regarde, captivée, pendant que le liquide laiteux coule dans la jarre. Quand elle a terminé, elle la jette dans le feu. Elle grimace en tirant les bras en arrière. Le crâne délicat du reptile se transforme en poudre dans la fournaise, mais les crocs subsistent, et elle les conserve.

— Quand on le mélange avec un extrait de plante tellaflora, on peut créer l'antivenin. Alors si vous vous faites mordre, ça pourrait vous sauver. Keerah, fais-le toi-même, maintenant.

Keerah met la seconde paire de lunettes, les siennes, et répète l'opération avec l'autre tête, celle que Makina a apportée. Sa respiration est audible sous sa concentration, ses sourcils froncés. Ses doigts gantés, plus jeunes et plus forts que ceux de Leylah, sont rapides et assurés. Elle y ajoute la tellaflora et vérifie la couleur. Elle la teste en utilisant le papier tournesol que Leylah a volé.

— C'est bien.

— Conserve-le. Désormais, tu es la propriétaire de cette réserve. Tu es la maîtresse des serpents ici.

Les sourcils de Keerah se lèvent et elle émet un petit son, mais hoche simplement la tête.

Leylah regarde autour d'elle dans la pièce.

— C'est clair ? À partir de maintenant, vous allez écouter Keerah. Vous allez protéger ce secret de vos vies, avec vos vies à toutes. Nous ne parlerons à personne de ce travail, ou nous en souffrirons toutes.

On acquiesce toutes. Qu'on s'aime ou se haïsse, nous sommes toutes dans le même bateau. On l'emmènera dans la tombe. Le divulguer serait comme abandonner l'air que l'on respire.

— Vous allez respecter Keerah et ses habiletés avec les serpents.

À nouveau, on hoche la tête.

Leylah nous a bien instruites. Elle nous a à toutes inculqué quelque chose. Keerah, la potion pour guérir des morsures empoisonnées. Et moi ? J'ai appris ses contes, ceux qui lui ont été transmis par les autres esclaves, de génération en génération.

— Très bien.

La voix de Leylah est neutre, mais je vois les nœuds dans

ses jointures et je frissonne. Elle est vieille et je n'aime pas mes pressentiments en ce moment – comme si quelque chose n'allait pas.

— Vous allez devoir faire de grandes quantités de toxines pour tous les tuer, lance Rannah d'un ton sombre et accusateur.

Elle a dit aux autres ce que j'ai fait au cours de cette rotation planétaire. La façon dont j'ai sauvé un jeune Ocretian de la noyade. Elle ne m'a pas parlé depuis.

Même si nous sommes assises toutes ensemble, je me sens isolée. Elles me jugent. Elles décident de ce qu'elles doivent faire de moi.

Leylah lève les yeux.

— Nous ne sommes pas prêtes pour une révolution. Si on essaie trop tôt, on mourra toutes. Il faut rester en vie pour le moment et transmettre nos connaissances, d'humain à humain. On se prépare pour notre seule chance. Si nous la prenons précipitamment, nous la perdrons à jamais.

— Mais ils méritent de souffrir.

Rannah se penche en avant comme si elle voulait se battre.

— Et si le jeune Ocretian avait péri ? Tu aurais été interrogée. Probablement torturée. Elle a bien agi.

Leylah tousse. Rannah remue sur son siège.

— Jamais ils n'auraient pu se douter qu'on regardait. Les adultes étaient partis. Mais nous, on l'aurait su. Et on l'aurait porté en nous comme une flamme. Une victoire. On aurait pu la transmettre.

Elle fronce les sourcils.

Les yeux de Leylah brillent dans le noir, le blanc est lumineux. Sa peau, presque aussi foncée que la mienne, est dans l'ombre. Je peux sentir sa désapprobation sans examiner son expression. C'est elle qui nous apprend à être patiente et forte. L'habileté à guérir, pas seulement nos corps, mais également nos esprits.

— Nous faisons toutes du mieux que nous pouvons, intervient-elle d'une voix douce et lourde de chagrin. Rannah-lei, c'est tout ce que nous avons.

— Alors, grâce à elle – elle ne prononce pas mon nom –, maintenant, on n'a même pas le plaisir de savoir que leur progéniture est temporairement anéantie. On peut dire qu'il devient plus fort. Dans plusieurs cycles solaires, il s'emparera de l'une d'entre nous pour en faire son esclave sexuelle et nous trouverons son sang sur les sols. On pourra la remercier quand tu verras ça.

Elle se lève et sa chaise crisse sur le plancher, bois contre bois. Quand elle quitte le baraquement, la porte claque derrière elle.

Elle n'ira pas loin. Notre périmètre est surveillé. Nous ne sommes pas autorisées à passer la clôture à la nuit tombée. J'imagine qu'elle va finir sur la parcelle d'arbres mur-eck, avec leurs fruits amers et acidulés avec lesquels ont fait du thé – ils donnent des maux d'estomac aux Ocretians, alors ils sont relégués dans les zones destinées aux humains. Elle s'assoira peut-être sur l'herbe rêche, dont les tiges coupent autant qu'une lime si elles ne frottent pas la peau dans le bon sens. Nos rudes pantalons de travail sont faits pour résister aux lames de rasoir des feuillages de ce caillou. Elle va me maudire et faire grandir sa colère contre moi.

J'en ressens aussi. C'est notre cas à toutes. Ce n'est qu'une question de temps avant qu'elle se métastase en quelque chose de puissant et fort qui nous tuera toutes sans l'aide des Ocretians. Du moins dans nos têtes.

On partage peut-être un secret, mais petit à petit, notre haine nous divise. Il semble que soit Rannah, soit moi, devra partir, pour que le groupe puisse être à nouveau uni.

Les autres sortent, puis il ne reste plus que Leylah et moi.

Je ne pleurerai pas, parce que ça n'apportera rien, mais je m'affale sur la chaise.

Leylah fait claquer sa langue.

— Tu es plus forte que ça. Ne t'apitoie pas sur ton sort.

Je me redresse.

— Tu as des suggestions ?

Je lève un sourcil et essaie de sourire, mais ce dernier est tordu.

Elle me répond d'une manière plus naturelle.

— Viens et aide-moi avec ça.

Elle examine les alentours, comme pour s'assurer que nous sommes seules, puis elle sort une petite boîte en métal. À voir son expression, je comprends que c'est quelque chose de nouveau.

De secret.

— C'est quoi ?

Ma voix est un murmure, et je regarde autour de nous, comme s'il y avait des visages nous observant en silence à la lueur du feu.

— C'est une microseringue.

Leylah remet ses gants et pointe son meuble.

— Enfile la seconde paire et viens ici. On va verser le venin dans les seringues.

— Tu fabriques une toxine.

Je lève les sourcils. Je m'arrête net en tenant les protections.

— Comme Rannah l'a suggéré.

— Apporte le deuxième flacon aussi, indique Leylah. Et oui. C'est ce que je fais.

Je prends l'objet.

— Il y a quoi dedans ?

Leylah se sert d'un compte-gouttes pour transférer le fluide de la seconde bouteille dans le réservoir. Elle tousse.

— Souviens-toi de ça.

Elle baisse la voix avant de poursuivre.

— J'ai utilisé en parts égales le venin des deux aspics que tu as ramenés ; j'en ai altéré la moitié avec de la chaleur, l'autre avec une substance distillée avec les fruits amers des mur-ecks.

Elle pointe le petit brûleur qu'elle a confectionné avec trois morceaux de charbon.

— Je l'ai chauffé avec ça, tu vois ?

Elle tousse. Elle lève la seringue et l'examine à la lumière.

— On raconte que cette combinaison peut tuer un Ocretian adulte en trois secondes. Avec seulement une goutte.

Je siffle doucement.

— Waouh.

— Oui. Bien sûr, l'effet serait encore plus rapide sur nous. Alors, ne le mets pas en contact avec ta peau.

— Ce n'est pas dans mes projets. Comment peux-tu savoir si ça fonctionne ?

Je recule, toujours captivée.

Leylah fait claquer sa langue.

— Quand vous revenez blessées, il y a parfois des résidus d'Ocretians sous vos ongles, explique-t-elle sans émotion, en tressaillant et les yeux brillants. Dans votre sexe. Je les récupère.

Son ton devient dur.

— Et je teste mes sérums, poursuit-elle. Quand j'ai réussi à obtenir un mélange capable de dissoudre leur sang et le rendre limpide, j'ai compris que j'avais trouvé. C'est comme ça qu'on sait, selon mes informations.

J'ai appris qu'on ne demande pas à Leylah d'où elle tire

ses renseignements. Elle nous le dit si elle en a envie, et même dans ces cas-là, sa réponse est si énigmatique... Elle lit des augures, a des visions et entend des murmures que nul autre ne perçoit. Des histoires qu'on lui avait racontées quand elle était enfant et qu'elle avait rangées dans un coin de son esprit pour les sauvegarder jusqu'à maintenant.

Je suis horrifiée et fascinée à la fois.

— Dans leur cruauté, ils nous ont donné ce dont nous avions besoin pour les détruire.

Je tends la main sans toucher le flacon.

— Ils nous tueraient s'ils étaient au courant.

— Ce ne sera pas le cas.

Elle en semble absolument certaine. En cet instant, je la crois.

— C'est pour ça que tu n'en as pas parlé aux autres ?

Je marque une pause.

— À moins que tu ne l'aies fait ?

Leylah a un lien différent avec chacune d'entre nous. On ne sait jamais ce qu'elle révèle et à qui.

— Tu l'as montré à Keerah... hein ? je m'enquiers.

Leylah demeure silencieuse une seconde.

— Il m'est apparu quelque chose en songe. Ça te concernait. Ainsi que la toxine.

Je hoche la tête. Leylah a souvent des rêves qui ont une signification pour elle seule. Le reste d'entre nous pense que certains n'ont aucun sens, mais nous ne le lui disons pas, parce que, pour être franches, nous désirons toutes imaginer qu'il y a quelque chose de plus grand que le monde sur lequel on vit. Nous voulons croire à un avenir sans esclavage.

— Et dans ce rêve, je faisais quoi avec la toxine ?

Je souris, comme si c'était une histoire, une plaisanterie.

Mais Leylah demeure impassible.

Elle pose ses outils et me regarde.

— Demain après-midi, je vais mourir, dit-elle d'une voix douce et confiante.

Je crie de surprise, mais elle continue de parler.

— Au milieu du marché, je vais m'écrouler, près du fleuve. Rannah et toi serez avec moi pour ravitailler les baraquements. Les visiteurs des Ocretians seront ici avec plusieurs autres marchands. Quand je vais m'effondrer, tu vas te faufiler et te cacher sur un vaisseau commercial. Tu vas utiliser le venin lorsque tu en auras besoin pour faire tomber toutes les personnes qui voudront t'arrêter. Aucun Ocretian ne sait pour ce poison, ils croiront à une crise cardiaque. Personne ne va en soupçonner l'existence.

Je la fixe, une main sur la bouche, les yeux écarquillés. Mon cœur bat la chamade.

— Je... je...

— Tu vas te cacher sur un vaisseau en particulier, et quand tu seras dans l'espace aérien international, tu vas sortir et demander l'asile.

— Je...

Je secoue la tête.

— Leylah.

— Ils vont t'emmener, et ils vont accepter, parce que celui sur lequel tu embarqueras appartiendra aux Zandians.

Elle récupère la seringue et la met dans un tube de protection.

— Ils prennent des humaines pour se reproduire et même pour compagne, poursuit-elle. On dit que leur reine est des nôtres, bien que certains affirment que c'est seulement une esclave. Mon rêve me révèle qu'elle est bien plus que ça. Et elle a le don de vision, comme moi.

— Mais je serai en fuite...

— Non.

Elle secoue la tête.

— Tu seras perdue. Tu vas tomber dans le fleuve et te noyer. Rannah le verra et l'annoncera à tout le monde. Elle en sera heureuse.

— Je ne comprends pas. Tu viens de dire que je monterai sur un vaisseau.

Elle remet la seringue dans la boîte en argent et referme le clapet.

— Je vais m'écrouler et mourir dans le marché, devant l'étal le plus près de la rivière. Tu vas crier et seras en colère, tu vas perdre pied dans ta douleur, tu tomberas dans le fleuve et tu seras emportée. Quand tu auras nagé en amont, tu vas sortir de l'eau, retrouver les vêtements et le sac que tu auras caché, et tu monteras dans le vaisseau zandian.

Je secoue la tête.

— Tu veux dire que tu vas faire semblant de mourir, c'est ça ?

Je me lève et lui prends la main.

— C'est ça, hein, Leylah ?

Elle croise mon regard.

— Non, lei. C'est mon heure.

— Impossible.

La colère et la peur me retournent les tripes.

— Personne ne sait quand leur heure viendra. Tu ne peux pas dire ça, j'insiste.

Elle tousse.

— Lors de la dernière rotation planétaire, j'ai entendu le maître discuter avec son visiteur. Il est assez épris de toi, de ta peau, de tes cheveux. Ton visage. Il te veut. Il a parlé d'une somme incroyable de steins. Il va faire un marché pour toi.

Je prends une bouffée d'air, étourdie.

— Oh, non. Non.

Il m'a inspecté aujourd'hui, juste avant que le jeune tombe dans le fleuve. Je repense à cette main verruqueuse, ces yeux chassieux. La promesse de douleur et de torture. Coucher avec cet être dégoûtant.

— Je ne peux pas.

— Non, en effet. Alors je dois te mettre en sécurité. Je songeais attendre un autre cycle solaire, pour que tu sois plus forte. Mais on doit le faire maintenant.

— Mais tu ne peux pas mourir pour ça.

Elle se lève et clopine dans un coin.

— Tiens, c'est un sac avec tes nouveaux vêtements, tu vas les cacher dans un coude de la clôture. Quand tu sortiras de l'eau, tu vas courir jusqu'ici, le récupérer. Change-toi et dirige-toi vers les vaisseaux. J'y ai mis des seringues pour que tu puisses les utiliser. Et le reste des choses que tu vas emporter est là.

Elle revient et me touche la tête.

— Tu vas prendre ces histoires, ces légendes et ces idées sur Zandia, pour les êtres qui y sont. Leur noble roi. Oh, par la Terre, j'aimerais seulement vous y envoyer toutes.

Ses yeux se remplissent de larmes.

— Mais au moins, je peux en faire partir une. Et au cours d'une rotation planétaire, une deviendra des millions. Tu seras cette meneuse. Tu leur diras ce qu'ils ont besoin de savoir, et ça aidera. Plus que tu peux l'imaginer.

— Je ne suis pas de cette trempe, Leylah. Je ne suis rien.

Je me penche en avant pour vomir, mais rien ne vient.

— Et je ne vais pas te laisser mourir seulement pour pouvoir m'échapper.

Elle me touche l'épaule.

— Tu as une nouvelle vie devant toi, et elle commence demain.

Elle remarque mon regard et ajoute :

— C'est mon heure dans tous les cas.

Je m'assois, submergée par l'adrénaline et la peur.

— Je ne comprends pas.

Elle vient s'installer près de moi.

— Mon heure arrive, je le sens dans mes os. Et c'est la tienne aussi.

Elle touche mon visage.

— Ta peau te distingue des autres. Mais ce qu'il y a là, c'est ce qui te rend extraordinaire, dit-elle en me tapant sur la poitrine.

Je cligne des yeux devant elle.

— Tu as quelque chose en toi qui manque aux autres. Une force, une bonté. Une capacité à te relever. Tu le vois ?

Je ne sais pas si c'est le cas. Je secoue la tête.

— Dis-moi, pourquoi tu as sauvé ce jeune ?

Elle me défie du regard.

— Était-ce pour ta sécurité, parce que tu avais peur de ce qu'il se passerait si tu ne le faisais pas ?

Je pense à la frayeur dans ses yeux, l'espoir. La manière dont il nous contemplait, sans aucune haine.

— Non. C'était une vie innocente. Je devais l'aider. Je ne sais comment l'expliquer. Peut-être parce qu'il n'était pas encore méchant. Je ne pouvais pas le laisser mourir.

Elle acquiesce.

— Tu as un esprit particulier, Taisha. Un pouvoir que tu ne comprends pas pour l'instant. Tu sens les choses dans tes os, parfois, comme moi. Et tu as le courage de faire l'inimaginable. C'est pour ça que, parmi toutes les femmes ici, je t'ai choisie, toi, pour porter nos histoires et notre héritage dans la galaxie. Au cours d'une de ces rotations planétaires, peut-être un, ou un millier de cycles solaires, toi et tes descendants allez revenir pour nous secourir tous.

— Mais tu ne seras plus là.

— Il y aura toujours des humains qui t'attendront, Taisha.

Elle pose une main sur mon cœur.

— Prends ça avec toi. Pas la mort d'un jeune dans ton passé. Mais le sauvetage d'un gamin, de l'avenir. C'est ce que j'ai, et je te le donne. C'est mieux que la haine, ajoute-t-elle.

— Qu'est-ce qui l'est ?

— Rannah a raison. La haine est puissante et elle peut nous soutenir pendant un bon moment. La seule chose plus forte encore est l'amour. Je te demande de repousser assez ce ressentiment pour permettre à l'amour de grandir. C'est ce que tu prends avec toi.

Elle tousse.

— Mon songe me révélait autre chose, ajoute-t-elle. J'ai vu la reine humaine appelée Lamira. Nous nous sommes parlé dans mon rêve, bien que ce n'était pas aisé... J'avais l'impression de crier à travers une chute d'eau. Elle a le don de vision comme moi, même si elle était loin, elle était seulement une lueur. Quand tu arriveras à destination, informe-la que Leylah t'a envoyée. Explique-lui que...

Elle tousse encore.

— Dis-lui que le secret lui parviendra avec la pièce en argent. Je ne sais pas ce que ça signifie, mais je pense que c'est important.

— Une pièce ?

Leylah prend ma paume et quelque chose de métallique glisse sur ma peau.

— C'est un artéfact d'une planète morte depuis longtemps.

Mes doigts bourdonnent avec de nouvelles étincelles et je réagis avant qu'elle puisse terminer.

— La Terre.

Je fixe la chose, pétrifiée devant la réponse qui me vient avant même qu'elle le précise.

Elle est vieille, comme si elle avait été ensevelie depuis des lustres. Elle se pose dans ma paume et dès que je referme la main sur elle, j'ai l'impression qu'elle m'appartient déjà. Il y a des symboles que je ne parviens pas à lire dessus, même si Leylah m'a appris à écrire. Et un visage, un profil, aussi familiers que mystérieux. J'entends des voix, je vois un flash violet et un éclat de lumière – puis tout disparaît.

Elle sourit et touche mon poing.

— C'est ça. La Terre.

— Mais comment tu l'as eue ? Pourquoi elle me... parle ?

Je secoue la tête.

Les yeux de Leylah sont perspicaces.

— Elle dit quoi ?

Je ferme les paupières et essaie de me concentrer, mais la petite étincelle est partie. Je les rouvre à nouveau de frustration.

— Rien. J'ai cru apercevoir quelque chose, mais c'était seulement mon imagination.

Je resserre la pièce, mais je ne ressens rien d'autre que ses rebords à l'intérieur de mes jointures.

Elle ne répond à aucune de mes questions. Elle semble tout à coup exubérante.

— Je savais avoir bien fait mon choix. Tu...

Elle tousse et prend une longue pause, tellement que je pars chercher des fluides.

Elle agite la main.

— Ça va pour le moment. Cache cette pièce. Donne-la à Lamira et seulement à Lamira. À aucun autre individu sur Zandia, même ceux en qui tu as confiance.

— Pourquoi ?

— Parce que, répond-elle comme si c'était évident. Elle lui est destinée. Elle ne représente rien aux yeux des autres.

— Très bien.

Tout n'est pas très bien. Je ressasse les évènements survenus plus tôt dans la journée, quand je me grattais et que Rannah essayait de me réconforter, avant qu'elle me déteste. C'est comme un sentiment de déjà vu qui me donne la nausée et revient sans cesse. Mais Leylah ne me hait pas. Elle m'aime. Elle nous aime toutes, sans exception. Je dois le faire. Je le sens dans mes tripes, c'est vrai.

— Tu vivras des aventures miraculeuses.

Elle me regarde, les yeux déterminés. Perçants.

— Pendant tes voyages, tu dois masquer tes attraits, précise-t-elle en posant la main sur son torse. N'abandonne jamais cette partie secrète de toi. À aucun être, à aucun moment, pour quelque raison que ce soit. Ton étincelle est ce qui te rend spéciale, Taisha. Tu dois la garder de côté, avec entêtement et fermeté. C'est à toi, et il appartient seulement à toi, et à ton avenir. Si tu renonces à ton cœur, tu seras toujours une esclave.

Je hoche la tête.

— Ne te soumets à personne. Et ne leur révèle pas ce qu'il s'est passé au rocher, avec le jeune. Pas avant le bon moment. Et utilise l'orange. Il le fera aussi.

— La quoi ? Je ne comprends pas. Leylah ?

Leylah siffle et touche mon visage éraflé.

— Les cicatrices à l'intérieur sont les pires, je sais. Mais quand tu partiras d'ici, tu auras une chance de guérir. Prends cette chance, pour moi. Pour nous toutes.

CHAPITRE TROIS

Rotation planétaire actuelle

— Alors, c'est ton histoire ?

Le Zandian croise les bras et ses muscles tressaillent. Mes mamelons se redressent et je détourne le regard. Comment puis-je être fascinée par sa silhouette au beau milieu de mon récit ?

— Vous avez des doutes sur moi ?

— C'est un peu tiré par les cheveux.

Il plisse les yeux avant de poursuivre.

— Alors ta mère de baraquement d'esclavage, Leylah ? Elle s'est effondrée au marché et tu l'as utilisée comme diversion pour sauter accidentellement dans le fleuve et faire semblant de te noyer ?

Ma vision se brouille avec des larmes.

— Elle ne s'est pas seulement effondrée. En fait, elle est morte.

Je peux le voir aussi clairement que lorsque c'est arrivé.

— Elle a fait un son, un *hmm* ou quelque chose comme

ça, puis elle a poussé un petit cri de surprise et elle est tombée. Ça ressemblait à un morceau de tissu que le vent aurait déchiré, et j'ai tout de suite senti que son essence avait quitté son corps.

— Ensuite, tu as sauté dans le fleuve et tu as réussi à nager en amont, contre le courant, puis sortir avant de prendre le sac que tu avais caché ?

L'incrédulité transparaît dans sa voix.

— C'était le seul moyen pour toi de te faufiler hors de cette zone pour les esclaves et tu es parvenue à t'enfuir.

Je hoche la tête.

— Après, tu as été attaquée par un garde ocretian, tu as répliqué avec cette seringue et il est mort ?

J'acquiesce à nouveau. J'omets la partie concernant la pièce. Après tout, Leylah avait dit que c'était uniquement pour Lamira. De plus, je ne suis pas encore arrivée sur Zandia.

— Et personne d'autre ne t'a vue.

Je détourne le regard.

— Non. Je n'ai plus croisé personne.

Ce n'est pas tout à fait vrai.

J'étais sortie du fleuve, j'avais récupéré mon sac et je m'étais changée. J'avais couru vers le marché, déguisée avec un châle pour camoufler mon visage. J'étais même parvenue aux abords du tarmac où les bâtiments étaient posés, une vaste étendue de terre brûlée avec des vaisseaux scintillants. Et après avoir tué le garde, mes nerfs étaient à vif – il était évident que si je n'étais pas montée sur ce vaisseau, je serais morte.

Cachée derrière d'énormes rochers rouges présents partout sur la planète, j'ai attendu, surveillant les êtres préparant les palettes de biens destinées à être chargées sur les différents véhicules tout en jetant des regards à celui que je visais.

Mais ensuite...

Un regroupement pressé est apparu. Mon maître, son visiteur et Rannah, les poignets liés. Son visage montrait sa colère, des larmes le maculaient.

« Je vous l'ai dit, elle est tombée dedans ! Elle s'est noyée ! »

La voix de Rannah était perçante et transpirait de la conviction de la vérité.

« Elle est morte. Je l'ai vue, insistait-elle. Elle a disparu en dessous et elle a été emportée. Personne n'aurait pu survivre au courant. »

Puis, j'ai aperçu un petit sourire sur ses lèvres, celui qui montrait qu'elle était heureuse. Ils l'ont surpris aussi, et quand le maître l'a remarqué, ses traits se sont détendus, d'une certaine manière.

Pas assez toutefois. Parce que son visiteur – celui qui me voulait, qui avait touché mon visage de sa main dégoûtante – était mécontent. Il regardait les alentours, comme s'il pouvait me dénicher dans les parages.

« Elle a pu s'échapper. Elle se cache peut-être ici, pour essayer de monter dans un vaisseau. Cherchez dans les environs. »

Il s'est renfrogné.

« Impossible, a craché le maître. Ces vaisseaux sont trop avancés pour laisser entrer des passagers clandestins et tous les esclaves savent que ça signifie la torture et la mort s'ils tentent quoi que ce soit. »

Je ne pense pas qu'il aimait être défié, surtout par un invité et devant les autres. J'avais espéré qu'il serait en désaccord uniquement parce qu'il était en colère.

Tout ce qu'il fallait, toutefois, c'était un geste. Il n'avait qu'à lever le petit doigt et donner un ordre. Alors ses gardes auraient engagé une battue et on m'aurait retrouvée. Et cette fois, la seringue qui m'avait sauvé la vie plus tôt m'aurait menée directement à la torture et à la mort – pas seulement moi, mais certaines de mes amies aussi.

Rannah a roulé des épaules.

« Elle a été démembrée dans la rivière », répétait-elle avec du plaisir non déguisé dans la voix, qui me poignardait en plein cœur.

Toutefois, le maître n'en était pas persuadé.

Et j'ai su que mon sort était scellé quand son fils, se tenant en retrait comme toujours, m'a regardé droit dans les yeux et m'a découverte derrière le rocher. Nos yeux se sont croisés, comme lorsqu'il était dans le fleuve, agonisant, et moi sur la rive. Ces yeux étranges, leur couleur plus brillante que jamais, tellement différents de ceux de son père.

J'étais morte, j'en étais consciente.

Puis, le jeune a prononcé les mots qui ont changé ma vie :

« Je l'ai vue. Elle a coulé et elle n'est jamais remontée. Seulement du rouge, son sang, et ensuite, plus rien. »

Il a écarté les jambes et croisé les bras.

« Mais elles sont remplaçables, père, a-t-il ajouté. Si tu me laisses faire, je vais aller aux enchères et t'en acheter une autre. Je suis prêt à prendre ma place auprès de toi. Je veux grandir. »

Il a rivé son regard sur celui de mon maître. Ils se sont fixés un long moment. Après quelques secondes, ce dernier a reculé.

« Tu l'as entendu. Mon fils l'a vue. Partons. »

Il jubilait presque. Il a recommencé à marcher avec son jeune.

« Trouve-moi en une nouvelle dès que possible. »

Le visiteur de l'Ocretian a juré dans sa barbe et agité la main. Bon débarras.

« Peu importe, a-t-il dit. Je vais en sélectionner une autre. »

Il a quand même jeté un ultime coup d'œil derrière lui sur le tarmac.

« Tu pourras choisir celle que tu veux. Je vais te laisser en prendre deux. »

Le maître avait souri et posé un bras sur l'épaule de son fils.

« Mon petit et moi allons y veiller. »

C'est la dernière fois que j'ai vu l'Ocretian avant d'entrer dans un sac supplémentaire, sur une palette de biens attendant d'être portée sur le vaisseau zandian.

Je regarde à nouveau le Zandian.

— Personne ne sait que je suis là.

Il m'examine pendant de longues secondes, comme si ses yeux cherchaient à me percer le crâne. A-t-il découvert que je mens ? S'il ne me fait pas confiance, va-t-il me tuer dans l'espace ? Me ramener aux Ocretians ? Je retiens mon souffle et je me montre aussi sincère que possible.

Enfin, il détourne le regard.

— Donnez-lui de la nourriture et plus de soins médicaux, lance-t-il en Ocretian, la langue avec laquelle on conversait et je pousse un soupir tremblotant. Je lui poserai plus de questions quand elle sera plus forte.

Pour une raison quelconque, ses paroles me brûlent la peau.

Je suis seulement nerveuse, je pense. Mon destin est entre ses mains désormais. Ses mains puissantes et habiles.

Les Zandians aiment prendre des humaines pour compagnes, m'a dit Leylah. Cet être serait-il intéressé par moi ? Pour la première fois de ma vie, l'idée d'avoir une relation sexuelle n'est pas indésirable.

Pour masquer ma fébrilité, je bois une nouvelle gorgée des fluides qu'on m'a apportés. Il y a déjà un pack fixé de mon bras, des lumières rouges clignotent dessus. Ça me procure des médicaments, ils disent, ce qui m'aidera à soigner mes faiblesses.

Je suis les guerriers violets qui me guident. Mes mains sont liées lâchement avec des menottes-magna. Il y a assez de jeu pour que je puisse tenir le tube d'eau et le porter à ma bouche. Par contre, pas assez pour me battre, si je devais le faire.

Bien sûr, étant entourée par plusieurs combattants puissants – et armés – je n'aurais aucune chance.

De plus, je les ai suppliés de me donner le droit d'asile. Alors, je suis leur rythme, et je vais là où ils m'emmènent.

<hr>

D*rayk*

—B*ordix*, comment a-t-elle pu monter à bord de notre vaisseau ?

Je me passe une main sur la mâchoire et me renfrogne.

— Nous avons de meilleurs protocoles que ça, j'insiste.

La belle humaine était presque morte quand on l'a retrouvée. Une pensée qui me rend aussi en colère que la faille de sécurité.

— C'était inattendu, soupire mon Second, Tarak. Les

biens n'ont pas été surveillés quelques minutes quand il y a eu la relève. Elle a dû utiliser ce temps pour entrer dans la caisse.

— Et les détecteurs de mouvements ? L'holo-écran ?

Il se racle la gorge.

— Ha, ils semblent… avoir été retirés momentanément.

Je secoue la tête.

— Il ne faut pas que ça se reproduise. Si ça avait été un autre être, mieux armé ? Nous devons revoir les protocoles de sécurité.

Ark, le responsable de ce secteur, baisse les yeux.

— Je les ai enlevés temporairement pour éviter les alarmes pendant le chargement.

Il lève le menton et me fixe avant de rajouter :

— Je vais veiller à ce que ce soit la dernière fois. Je le jure.

— En effet.

Je le fusille du regard, puis j'acquiesce. Un pardon et des attentes d'amélioration en même temps.

Je jette un œil dans la galerie avant de me tourner vers Tarak.

— Tu crois son histoire ?

— Même si elle dit vrai en affirmant qu'elle t'a piqué accidentellement, elle ne dit pas la vérité à propos de quelque chose. C'est une caractéristique humaine, énonce-t-il avec une grimace.

— Je vais trouver ce que c'est, je promets. Et ensuite, je vais lui apprendre que les espèces suppliant pour avoir l'asile ne mentent pas aux Zandians.

Mon sexe durcit à l'idée de punir la jolie passagère clandestine.

— Elle pourrait être une espionne.

— La raison pour laquelle elle aurait voulu m'attaquer

n'est pas claire. Elle souhaitait désespérément s'enfuir. Cette partie semble authentique.

— Elle est exquise.

Ark regarde au bout du couloir et l'aperçoit. Il n'a pas tort – cette parfaite peau d'ébène, ses superbes yeux et ses longs cils, ses belles lèvres pleines. Oui, c'est vraiment la plus charmante femelle que j'ai vue.

— Et pense à notre chance – d'autres équipages sortent, font face au danger et doivent se battre pour récupérer des humaines. Nous ? Elles viennent vers nous, comme attirées par des aimants. Sans le moindre effort ! s'exclame-t-il en riant. Si on était restés plus longtemps, peut-être qu'on en aurait eu deux ou trois.

Je retiens mon envie de lui grogner dessus. Pour une raison quelconque, je me sens déjà protecteur envers elle, même si je ne la connais que depuis quelques instants, et qu'elle est une passagère clandestine m'ayant empoisonné avant de prétendre que c'était un accident.

— Elle représente les ennuis, voilà ce qu'elle est. Si les Ocretians apprennent qu'on a décollé avec une de leurs esclaves de Romon-3... ? Il y a assez de tension entre nos deux peuples comme ça. Ils pourraient nous suivre et nous attaquer.

Je marque une pause.

— Et pour le moment, Ark, j'ai besoin que tu révises nos protocoles de sécurité pour nous assurer qu'il n'y a pas d'autres brèches pendant qu'elle est à bord.

Ark lève les mains et part.

Tarak se moque.

— Les Ocretians ne seront pas assez fous pour s'en prendre à nous.

Je secoue la tête.

— Ils sont vaniteux et ont soif de pouvoir. Les rumeurs

se propagent à propos des humains sur notre planète. Qu'ils seraient libres de tout asservissement. Si ces informations se répandent parmi leurs esclaves, cela pourrait causer des tentatives d'évasion et de rébellions.

— Quand même, nous sommes dans un vaisseau de guerre de classe 3. Nous sommes hors de leur espace aérien et dissimulé. Ils ne nous retrouveront jamais.

Je soupire.

— Peut-être. Mais ils pourraient agresser un autre équipage zandian. Mais elle est déjà là. Et s'ils croient en sa mort, il n'y a aucune raison de la ramener.

— Tu la ramènerais vraiment ? demande-t-il sèchement.

— *Bordix*, non.

Je ricane.

— Je n'ai jamais rien donné à un Ocretian, je renchéris. Surtout pas quelque chose ayant autant de valeur qu'une femelle humaine, qu'ils ont perdu à cause de leur propre stupidité.

J'y réfléchis.

— À cause de son intelligence, plutôt. Ils ne sont pas complètement idiots. Elle doit être un génie.

— Un génie qui sera au centre de l'attention de Zandia quand on rentrera avec elle. Si elle est aussi belle qu'Ark et toi le prétendez et si elle s'est échappée comme elle l'affirme. C'est une véritable pile électrique. La partenaire parfaite. Si elle est déclarée apte pour rester sur Zandia.

Il hausse un sourcil.

— Après t'avoir planté son aiguille dans ton bras, je présume que le roi aura des doutes. Je dois l'interroger ?

Je me renfrogne et me lève.

— Non. Je vais lui parler moi-même et découvrir plus d'éléments sur son histoire. On doit comprendre son passé avant de l'emmener sur Zandia.

Tarak sourit.

— On pourrait presque croire que tu la veux pour toi. Même si je sais que ce n'est pas possible. Tu as refusé de te lier jusqu'à maintenant.

— Cette conversation est inappropriée, je rétorque, en nous surprenant tous les deux par ma véhémence. C'est une dangereuse clandestine. Point final.

Tarak lève ses mains.

— Toutes mes excuses, capitaine. Je disais juste ça comme ça.

— Alors, arrête sur ce sujet.

Je lui lance un regard sombre, même s'il ne peut pas le voir. Il est tellement doué pour un être aveugle que je le traite rarement comme tel.

— Assure-toi que nous sommes sur la bonne route et surveille la présence des Ocretians. Leur technologie occultante s'améliore tout le temps.

Il hoche la tête et je pars dans le couloir, désireux d'obtenir des réponses de l'humaine.

CHAPITRE QUATRE

L*amira*

Je glisse un délicieux gâteau des cuisines du palais dans ma bouche, tout en complimentant notre vieux chef zandian, Barr.

— Hmm, j'aurais seulement besoin d'en avoir huit de plus, je le taquine en le flattant.

J'allaite toujours mon second enfant, ce qui explique mon fort appétit ces derniers temps. De plus, je n'ai pas assez dormi la nuit précédente, alors je compense le manque d'énergie avec de la nourriture.

Le chef Barr s'incline.

— Assois-toi. Je vais te préparer les quantités que tu désires, ma dame, promet-il.

Les Zandians mangent une fois toutes les dix rotations planétaires et ils ne s'appuient pas réellement sur les aliments pour leur subsistance, mais dès mon arrivée, Barr a changé ses habitudes pour me concocter et me servir des plats basés sur ceux de la Terre.

J'en prends un autre.

— Je ne peux pas rester, je dois visiter une de nos colonies au cours de cette rotation planétaire.

Je m'empare d'un troisième gâteau, mords dedans et me dirige vers la porte. J'y percute un mur de muscles.

— Mon Seigneur, je crie de surprise.

Cela fait six cycles solaires que Zander m'a emmenée ici pour se reproduire et il suscite toujours autant d'excitation chez moi lorsque je suis proche de lui.

Ses bras m'enlacent et attirent ma silhouette, beaucoup plus menue, contre lui, mais son air est sérieux.

— Tu ne sors pas.

— Je le dois, mon Seigneur. Ils m'attendent.

Il secoue la tête.

— Non, tu as besoin de faire une sieste. La petite t'a empêchée de dormir.

C'est vrai. Notre fille, Kaylar, est malade et a pleuré une bonne partie de la nuit. Zander et ses serviteurs ont tous essayé d'aider, mais elle voulait seulement ma présence.

— Je vais en faire une en rentrant.

Je ressens une forte responsabilité. Je me dois d'agir en tant qu'agent de liaison avec les humaines qui sont devenues les compagnes de Zandians, et qui habitent maintenant sur leur – notre – planète. Je sais ce que c'est que d'être née et élevée en esclave sur Ocretia. De ne jamais se sentir en sécurité, d'éprouver autant de souffrance.

— J'ai dit non.

Zander se penche et me jette sur son épaule. Il me porte en direction de notre chambre. Il me donne une assez forte claque sur les fesses pour que je la considère comme un avertissement.

— Zander, arrête, je glousse. C'est complètement indigne.

— Tu aurais dû y penser avant de me défier, gronde-t-il, mais quand on entend des voix au bout du couloir, il me fait descendre pour me tenir comme un bébé.

Il me traite peut-être comme une esclave en privé, mais devant ses guerriers, je suis toujours honorée.

Il lève les paumes vers le senseur à côté de notre chambre et elle s'ouvre. Il entre et me pose sur mes pieds.

— Déshabille-toi.

Si je ne le connaissais pas, je pourrais croire que son regard est dur. Souvent, il est sans expression ou sérieux. Mais jamais il n'est en colère contre moi. C'est un jeu, mais nous n'y avons pas joué depuis bien trop longtemps. C'est une règle qu'il a édictée pour moi il y a belle lurette – si je suis dans ses appartements, je dois être nue.

Elle a été abandonnée quand on a eu notre premier petit, et maintenant qu'on a deux bébés et une planète récupérée à diriger, on n'a plus l'occasion de partager de longs moments d'intimité.

Je retire ma robe blanche traditionnelle zandianne et mes sous-vêtements avant de me mettre à genoux à ses pieds. Je ne porte rien de plus que mon collier parsemé de cristaux et les piercings qu'il a laissés dans ma chair quand il m'a officiellement prise pour compagne.

L'esquisse d'un sourire danse sur les lèvres de Zander.

— J'aurais dû te traîner ici pour te donner une correction il y a longtemps.

Il jette un œil à son poignet.

— Quatre-vingt-quinze pour cent et je ne t'ai pas encore touchée.

Quand il m'a ramenée pour s'accoupler, son médecin a mis un senseur dans mon corps pour lire mon excitation. Il était destiné à aider Zander à apprendre comment me procurer un orgasme, mais il a aussi compris combien son côté dominant pouvait attiser les flammes de mon désir.

Alors oui, c'est ma faute si toute la population des humaines de Zandia est maintenue en une servitude érotique par leurs compagnons. Mon corps nous a toutes trahies.

Mes mamelons durcissent et mon sexe se resserre. Je lève les yeux vers mon maître.

Ma moitié.

Les cornes de Zander s'épaississent et s'inclinent dans ma direction, ses iris revêtent une teinte plus violacée.

— Voilà ce qui va se passer, petite esclave. Je vais te réchauffer les fesses parce que je t'ai dit hier soir que je voulais que tu te reposes au cours de cette rotation planétaire et tu as désobéi. Ensuite, je vais te prendre jusqu'à ce que tu me supplies de te donner un orgasme. Et quand je vais enfin te laisser jouir, tu seras tellement satisfaite que tu t'endormiras aussitôt. Mais si pour une raison quelconque tu te réveilles et sors de ta couchette stationnaire avant que le petit ait besoin de son prochain repas, on recommence. Ton derrière aura la couleur de ma peau. Tu pendras mon sexe de Zandian jusqu'à ce que tu cries et ensuite plus de sommeil. Compris ?

Mes joues deviennent rouges et je mets ma lèvre inférieure entre mes dents en acquiesçant.

— Oui, Maître.

Les yeux de Zander brillent d'un violet foncé. Il empoigne mes cheveux.

— Alors debout, petite humaine. C'est l'heure de ta punition.

Z *ander*

L'odeur de l'excitation de ma compagne remplit notre chambre. Elle est plus douce et belle que jamais. Ses rôles de mère et de reine ne lui donnent pas l'air imposant qu'affichait ma mère, mais quelque chose de bien plus bénéfique. Ouvert. Féminin. Et pourtant, elle n'en est pas moins forte. Sa bienveillance l'a fait devenir la personnalité la plus adorée de Zandia, pas seulement auprès des siens, mais aussi des miens, qui ont en grande partie adopté l'idée de prendre des humaines pour conjointe. Il y a toujours des puristes qui pensent pouvoir trouver un autre moyen de sauver notre espèce de l'extinction, et ceux qui croient que les cultures nécessaires pour la nourriture terrienne détruiront les ressources de nos sols, mais la majorité de mes congénères sont satisfaits. Nous avons récupéré notre planète. Nous acquérons petit à petit des femelles pour nous reproduire. Pas encore assez toutefois, mais on y parviendra. Nous ne pouvons pas éveiller la suspicion des Ocretians sur le fait que nous prenons les humaines pour conjointes plutôt que de les asservir, sinon, des conflits surviendraient.

Je m'installe sur la couchette et je la relève de sa position agenouillée. Ma belle compagne. Son corps a gagné en douceur depuis que je l'ai achetée. Avec ses connaissances agroalimentaires et ma richesse, on a réussi à trouver et faire pousser beaucoup de cultures originaires de la Terre. Lamira a ingéré de la nourriture avec abondance. Je serre son derrière pulpeux avant d'abaisser vivement ma main sur lui.

Elle lance un cri de surprise. Je ne lui avais pas donné de fessée depuis un bon moment, si on excepte les claques que je lui assène de temps à autre pour l'exciter. Mon sexe s'allonge contre ma jambe en attendant avec impatience l'instant où elle va se trémousser sur mes genoux.

Je commence en douceur, en la caressant entre les coups, savourant la manière dont elle se tend et s'abandonne, ses petites inspirations vives. Puis j'augmente la vitesse et l'intensité. Lui faire du mal n'est jamais mon intention – je veux seulement lui donner le bon genre de douleur. Celle qui la propulse vers l'orgasme. Sa peau devient plus rose sous ma main, mais je ne m'arrête pas. J'ai envie de prendre mon temps – m'assurer qu'elle soit complètement satisfaite pour qu'elle puisse avoir un repos plus que nécessaire.

Ses petits cris se transforment en des gémissements, et son bassin se contorsionne de la plus enivrante des manières sur mes cuisses. Mon sexe se frotte contre sa hanche, prête à rejoindre la fête.

— Zander, halète-t-elle.

Le senseur sur mon poignet clignote – elle est proche de l'orgasme. Je n'en ai plus besoin pour le savoir. Je peux lire les réactions de ma compagne ; je connais l'odeur de son excitation, la dilatation de ses pupilles, le son de ses exclamations. Mais ça m'amuse de le garder – avoir les relevés de son corps toujours sur moi. Ça m'empêche de m'inquiéter pour sa sécurité aussi – je peux vérifier ses constantes et l'endroit où elle se trouve à tout moment.

— Tes premiers devoirs sont envers moi et nos petits, je lui dis en lui faisant la morale tout en lui donnant une fessée un peu plus forte. Et nous avons besoin de toi, reposée et en santé. Si ton roi t'indique que tu dois faire une sieste, tu obéis, compris, ma douce esclave ?

— Oui, Maître, halète-t-elle. Oh, s'il te plaît, Zander.

Je sais qu'elle ne me supplie pas d'arrêter, mais de continuer.

— Si tu es exténuée, le reste de notre planète peut attendre. Tu vas déléguer tes tâches et prendre du temps pour toi. Suis-je clair ?

Pour marquer mon point de vue, je lui donne cinq grosses claques et elle hurle en signe d'avertissement.

Je la retourne pour qu'elle soit à cheval sur mes cuisses, et je me saisis de ses fesses.

— Alors, mon amour ? Je murmure doucement en laissant une de mes cornes sensibles se nicher dans ses cheveux de soie.

— Oui, mon Seigneur.

Ses traits montrent son désespoir, ses supplications.

— Prête pour la suite ?

— Oui, s'il te plaît.

Elle a une toute petite voix. Implorante.

Je ne peux retenir mon sourire bestial.

— C'est bien.

Je la soulève et la porte sur le disque en suspension – la plateforme flottante sur laquelle on dort.

Je l'allonge et laisse glisser mes cornes sur ses seins et le long de son ventre. J'en utilise une pour jouer avec son clitoris et elle m'attrape la tête et se frotte contre elle.

Je grogne.

— *Bordix* ! C'est trop.

Mon propre désir monte en flèche comme une bête enragée. Je tombe sur elle, je lui enserre ses délicats poignets et je la plaque contre le matelas. D'un coup de reins brutal, mon sexe la transperce.

Son cri de plaisir fait palpiter encore plus mes cornes. Mes va-et-vient sont si puissants que son corps dérape sur les draps. Je me déplace pour mettre une main à la jonction de son cou et de son épaule, pour l'empêcher de glisser.

— Prends là, petite humaine, je grogne même si elle n'offre aucune résistance. Elle se soulève et m'entoure de ses jambes pour m'attirer davantage contre elle.

— Oui, souffle-t-elle. S'il te plaît, Zander.

Je lui fais brutalement l'amour, j'ai perdu le contrôle avec ses cris haletants. Je ne ressens rien d'autre que le besoin de dominer ma compagne, de lui donner toute la mesure de mon désir, il me submerge.

Mes cornes rigides palpitent, aussi dures que la pierre.

— Maintenant, ma belle. Jouis, Lamira, je lui ordonne.

Ses yeux verts sont rivés sur les miens et nous faisons une pause exquise, comme si nous étions entre deux respirations. Puis nous avons tous les deux un orgasme de la puissance d'une supernova. Je ne cesse d'asséner de bons coups de reins pendant que la vague déferle, mon sperme arc-en-ciel inonde son étroit canal et jaillit entre nous.

Quand on a tous les deux terminé, je ralentis jusqu'à m'arrêter en m'attardant au-dessus d'elle, je pose mon front sur le sien et reprends mon souffle.

Un frisson post-coïtal la traverse, son sexe se resserre sur le mien à nouveau, puis elle fixe le vide.

Je me fige, je reconnais les signes : elle a une vision. Pendant que je reste immobile, mon membre palpite et tressaille en elle, mais nous ne remuons ni l'un ni l'autre.

Enfin, elle cligne des yeux et sa poitrine se remplit d'air.

— Une humaine s'est échappée au cours de cette rotation planétaire.

Je penche la tête, j'ignore pourquoi ça devrait être important.

— Elle est montée clandestinement sur un vaisseau zandian pour demander l'asile.

J'attends, toujours sans bouger.

— Sa fuite va précipiter la crise avec les Ocretians. Ils vont découvrir la liberté relative que vous accordez à mon espèce ici et ils vont avoir peur que tous les esclaves de la galaxie tentent de rejoindre Zandia.

Je serre la mâchoire et je me retire, je m'allonge sur le côté auprès de mon adorable compagne.

— Nous allons leur rendre la femelle, alors. Nous ne pouvons pas prendre le risque d'entrer en guerre avec Ocretia. Ils sont bien trop puissants. Nous avons récupéré notre planète des mains des Finns depuis seulement quelques cycles solaires et notre population est au bord de l'extinction.

Lamira pâlit, ses yeux s'écarquillent.

— Mon Seigneur, tu ne peux pas. La destinée de cette humaine est liée à Zandia autant que l'est la mienne. Cela a été vu dans des visions autres que les miennes.

Elle déglutit.

— De plus, si ce n'est pas celle-là, ce sera la suivante. Tu sais que ce conflit est inévitable.

Je fronce les sourcils, pas à cause de cette situation – on a déjà affronté pire. Plus parce que mon projet de faire dormir ma compagne vient d'être déjoué. Je dois rediriger cette conversation si je veux qu'on remporte un nouveau succès. Je caresse le pli sur son front.

— Oui, je suppose que tu as raison. Je vais réunir le conseil pour en discuter. Tu dois te reposer, mon amour. Merci pour ta prophétie.

Elle cligne des yeux un instant, puis se détend avant de se blottir contre mon torse. Je lui cajole les bras et le dos jusqu'à ce qu'elle sombre dans le sommeil, puis je me lève pour convoquer mon conseil.

Il semblerait qu'un cauchemar diplomatique nous attend.

CHAPITRE CINC

T*aisha*

— Ton nom.

Il aboie la question comme si elle était un ordre. Il est debout devant moi les bras croisés sur la poitrine.

Je déglutis les fluides dans ma bouche et sursaute, de tout mon être, et je tousse. Je lutte pour me redresser avec ma bouteille et mes menottes, je trébuche. Je suis un peu vaseuse.

En un instant, il est à mes côtés.

— Ne te lève pas.

Maintenant, il semble irrité que j'aie essayé de lui montrer du respect.

— Tu dois prendre du repos.

Il pose les mains sur mes épaules.

J'inspire profondément devant sa proximité. Mon cœur bat la chamade et je fais tomber le tube. J'ouvre la bouche et émets un petit cri strident, parce que le simple contact de ses doigts sur mon corps – peau à peau à travers les ondulations de mon châle - m'embrase. Instantanément, mon sang devient chaud et je le sens pulser dans mon cou, mes poignets, et par la Terre, quelque part entre mes cuisses, dans mon endroit secret.

Abasourdie, je ne peux que le fixer.

— Je t'ai fait mal ? *Bordix*. Reste sur le banc.

Ses mains se resserrent avant de se relâcher. Son visage semble prendre une teinte plus foncée.

— Je, je suis, je pense que tu...

Il se racle la gorge.

Je m'assois et me mords l'intérieur de la joue. Notre regard se rive l'un sur l'autre. Cette sensation dans mon corps est impossible. Ces papillons dans ma poitrine et mon ventre. Je n'ai jamais...

Il se penche pour récupérer le tube sans le regarder et il me le rend. Le fait qu'il soit plus bas que moi, presque à mes pieds, intensifie les nœuds dans mes tripes. Mon entrejambe s'enflamme.

J'ai envie de parler, mais j'ai peur de faire un autre bruit strident, ce qui ne serait pas très approprié.

Il me fixe et pour une raison que je ne comprends pas, ses cornes s'épaississent et semblent grandir.

Sans savoir pourquoi, je sors la langue pour lécher ma lèvre et je lui fais un petit sourire.

Sa mâchoire se tend et il se lève.

— Je t'ai demandé ton nom. Si tu désires avoir l'asile, je te suggère de coopérer en répondant à ces questions élémentaires, c'est le minimum que tu puisses faire.

Sa voix est ferme. Dominante. Excitante.

— Oui, mon Seigneur.

J'ignore si c'est le bon terme, mais je souhaite me montrer obéissante à partir de maintenant.

— Merci de m'aider à faire ma requête. Je suis Taisha, je suis une esclave humaine, depuis aussi longtemps que je m'en souvienne. J'ai vécu sur Romon-3, sous la propriété de l'Ocretian maître Foonal. J'aimerais...

Il lève une main.

— Arrête. Quand je voudrai en savoir plus, je te le demanderai. On va procéder selon mes ordres.

Réprimandée, j'acquiesce et je serre le tube de fluides entre mes doigts. Les menottes magnétiques encerclent mes poignets avec douceur, presque comme des bijoux. Je grogne, en y pensant – moi avec des babioles ! – puis des larmes me montent aux yeux. C'est vraiment un traitement royal en comparaison de celui que j'avais entre les mains des Ocretians.

— Combien y a-t-il d'esclaves sur Romon-3 ?

— Dans ma ferme en agriculture, il y en avait trente-trois exactement. Le maître a plusieurs exploitations sur Romon, et je ne connais pas leur nombre au total.

Il hoche la tête, puis fusent plus de questions. Comment on nous considérait en général ? Quels sont nos âges ? Notre état de santé. Comment on se nourrissait ? Il enregistre notre conversation sur son appareil de communication.

Pendant ce temps, un autre Zandian nous rejoint et me tend mon sac. Ils discutent en chuchotant dans leur langue zandianne, puis il revient. Son expression est plus dure.

Il soulève mes possessions.

— Et ça ? Ces quoi ces seringues ?

Il sourit, mais pas de manière amicale.

— Maintenant que tu as répondu aux questions faciles, on va aller vers celles qui ont vraiment de l'importance pour moi.

Je déglutis péniblement.

Il plisse les yeux. L'autre Zandian et lui échangent un regard.

Effrayée, je parle rapidement avant qu'ils aient une chance d'agir.

— C'est un poison venant d'une vipère de Romon-3. Leylah fait... les a préparées. En secret.

— Pourquoi tu en as ?

— Elle a précisé de m'en servir si on tentait de m'arrêter. C'est une arme en cas d'urgence. Comme je vous l'ai dit, je l'ai utilisé pour tuer un Ocretian pendant que je m'échappais. Il est tombé, presque aussitôt.

Je secoue la tête avec étonnement en me souvenant de ce moment.

— Il était sur le point de m'exécuter, et ensuite... Il est mort. Tellement vite... je poursuis.

— Immédiatement ?

Ils me fixent tous les deux, avec un visage impassible.

— Oui. Je me suis cachée derrière un rocher et j'ai vu le moment où les autres gardes l'ont trouvé. Lorsque le médecin est arrivé, il a annoncé que c'était une crise cardiaque. Les Ocretians sont sujets à en faire. En ensuite, comme je vous l'ai dit, j'ai embarqué sur votre vaisseau et je me suis planquée.

— En tenant toujours, comme par hasard, la seringue que tu as utilisée pour m'agresser.

Le capitaine fronce les sourcils.

Je hoche la tête.

— Je m'excuse un millier de fois, mon Seigneur, plus si je le peux. Ce n'était pas intentionnel. Je souhaitais seulement vous demander asile, pas vous faire du mal. J'ai frappé dans la confusion et dans un moment de délire. Je suis désolée.

— C'est incroyable.

Il croise les bras et se renfrogne.

Surpris, je cligne des yeux en le contemplant.

— Je ne comprends pas ce que vous voulez dire.

— Ha non ?

Il hausse un sourcil, mais sans être joueur.

Je me replie sur mon tabouret.

— Non, mon Seigneur, vraiment.

Lui et son second échangent un regard. Il se rapproche.

— Répète-moi où tu as eu le poison pour commencer.

Les rides sur son front se plissent davantage et je réponds rapidement.

— Leylah l'a inventé. Elle utilisait le venin pour faire des antidotes parce que les humains y sont sensibles. Pas les Ocretians.

— Mais ce n'est pas un antidote.

— Non, elle a fabriqué une nouvelle toxine.

J'ai de nouveau des vertiges. Ma voix devient hésitante.

— Elle a dit... Ha, qu'une rumeur affirme qu'une concoction serait fatale aux Ocretians en trois secondes. Et elle avait raison.

— Alors, elle a confectionné un poison inédit à partir de rien, en se basant sur une rumeur, pouvant faire tomber un Ocretian adulte, résume le capitaine zandian. Elle l'a fait dans des baraquements avec un équipement rudimentaire et sans entraînement, le tout en secret. Est-ce exact ? Et elle te l'a donné pour une mission ridicule avec peu de chance de succès, avec un risque considérable : si on te retrouvait avec cette substance, il était probable que toutes les humaines soient tuées...

Je secoue la tête.

— Elle était convaincue que je n'échouerais pas.

J'essaie de réfléchir.

— Du moins, quand elle me les a offerts, je suppose... J'avais des doutes que le venin soit une bonne idée, mais elle m'a dit de le faire. Donc, je me suis exécutée.

— Ça semble fantastique.

J'ignore si c'est la vérité. Les humains manquent d'honneur. Ils mentent.

— Alors, vous pensez qu'il s'est passé quoi ?

Je le mets au défi, même si je sais que je ne devrais pas le faire.

— Premièrement, Leylah n'est pas comme les autres. Elle est... Leylah. Elle a des dons qui sortent de l'ordinaire. Et deuxièmement...

Il m'interrompt.

— Tu parleras quand on s'adressera à toi.

— Mais je...

— ... serais punie, si je dois le redire.

Les mots restent en suspens entre nous, miroitant dans l'air. Nous demeurons silencieux. Ils rivent les yeux sur moi à nouveau, et même s'il est suspicieux et en colère, soudain je le sens dans mes tripes. Il me désire en retour.

Et contrairement à l'attention des grotesques Ocretians, cela ne me fait pas peur. En fait... j'en ai envie.

L'autre Zandian dans la pièce s'éclaircit la gorge.

— Capitaine Drayk, je vais vous donner, euh, de l'intimité.

Le regard qu'il lance à son supérieur avec un air plein de sous-entendus me provoque une bouffée de chaleur.

Par la Terre.

— Merci, Ark, acquiesce Drayk.

Puis il ramène toute son attention sur moi. Je me recroqueville sous ses yeux.

— Est-ce que quelqu'un t'a fourni ces seringues pour nous empoisonner, mon équipage et moi ? aboie-t-il. Est-ce une toxine que tu dois tester pour savoir s'il peut tuer les Zandians ?

Je suis horrifiée.

— Quoi ? Non ! Bien sûr que non.

Il fait un pas de plus vers moi.

— C'était un piège ? Ton maître t'a-t-il envoyée en feignant une évasion pour éprouver nos dernières armes biologiques ?

— Mon, mon Seigneur. Croyez-moi.

Mon Zandian lève la main. Mon ? Quand ai-je commencé à penser à lui de cette manière ? Surtout maintenant, alors qu'il m'interroge ?

Je rougis et je baisse les yeux vers le sol, espérant repousser ces étranges pensées hors de mon esprit. Erreur : sur le chemin, j'aperçois ses cuisses dans son pantalon serré, soulignant ses muscles, minces et puissants, et il survient à nouveau, cet élan dans mon corps qui me paraît déjà familier.

J'ai entendu parler de cette sensation sans jamais l'avoir vécue. Du désir.

Sa voix s'adoucit quand il le ressent aussi.

— Tu as demandé le droit d'asile, et nous pouvons te le donner si on estime que tu en es digne. Mais j'exige la vérité. Si tu as été forcée de monter à bord pour blesser des Zandians – peut-être sous la menace de la torture, sur tes amies ou sur toi – nous prendrons ça en considération. Il ne te sera fait aucun mal, si tu nous avoues tout.

Sa voix est douce, presque hypnotisante.

— Tu peux me faire confiance. Explique-moi qui t'a demandé de faire ça. C'est la meilleure chose à faire.

Je veux obéir, même s'il n'y a rien à ajouter. Je souhaite gagner son approbation.

— Je vous l'ai déjà dit.

Il laisse tomber son personnage et reprend sa posture féroce. Son regard noir s'intensifie.

— Qui te les a donnés ? Je ne crois pas une seule

seconde qu'un petit groupe d'humaines soit susceptible de créer ça.

Déboussolée par ce changement brutal, je bégaie.

— Je... je vous l'ai raconté, Leylah...

— Cette technologie va au-delà de vos capacités. Comprends-tu ce que c'est ?

Il tient la fiole en verre, et elle brille sous la lumière, le liquide à l'intérieur scintille et produit un arc-en-ciel quand il l'incline de la bonne façon.

— Je ne connais pas les détails. Mais je le jure sur ma vie, je ne mens pas sur ça.

— Tu le fais bien sur quelque chose, alors.

Il grogne en prononçant le mot.

Comment peut-il le savoir ?

— Non.

Je détourne le regard avant d'en avoir l'intention. Merde. Maintenant, il est conscient que je ne lui ai pas tout dit.

Il rit.

— On verra bien si je trouve un moyen de te délier la langue.

En un éclair, il me met debout et m'attire vers lui. Même si le geste n'est pas tendre, il n'est pas brutal non plus, et le contact de ses grandes mains sur ma peau me fait haleter.

Quand je le contemple, son expression montre son choc, comme s'il le sentait également et en était tout aussi émerveillé. Mais il détourne le regard et resserre sa poigne sur mon bras.

— Les Zandians sont contre la torture. Mais les châtiments corporels se sont avérés utiles chez les femelles humaines désobéissantes. Je comprends que ça ne cause aucun dommage physique ni de blessures permanentes, mais je te promets que tu ne vas pas aimer.

Je pousse des cris stridents et j'essaie de m'éloigner, mais il a une prise de fer.

— Alors je te donne une dernière chance de me dire la vérité sur ces seringues, Taisha.

Il me regarde dans les yeux. Nous sommes si près l'un de l'autre maintenant que son souffle effleure mon visage. Il est chaleureux et neutre, comme une légère touffe d'herbe. Agréable, en fait, et, sans le vouloir, je me penche vers lui. Ses lèvres semblent si douces et fermes à la foi. Pourquoi ai-je envie de caresser ses joues et toucher ses cornes ? Je suis fascinée. Je pense qu'elles ne seraient pas rugueuses sous mes doigts, mais lisses, chaudes et certainement palpitantes de vie. Par réflexe, je lève mes bras menottés et j'effleure une bosse de son corps sur une partie que je n'ai jamais... oh, par la Terre. Je rougis, il sursaute, il regarde vers le bas comme s'il ne savait pas ce que j'avais fait. Je baisse les yeux, puis les relève, parce que les siens sont comme des aimants.

— Taisha ?

L'entendre dire mon nom est si bon. Personne ne l'a jamais prononcé de cette manière. Comme si ce n'était pas qu'un matricule.

J'expire en faisant un petit son, et cette fois, c'est lui qui se penche en avant, comme s'il était captivé. Incapable de résister. Le violet de ses yeux est plus profond, plus sombre. Mystérieux. Je ne peux détourner le regard. D'une seconde à l'autre, je pourrais le jurer, il va poser ses lèvres sur les miennes. Par les étoiles, ça n'a aucun sens. Ce n'est pas possible, mais je le sens dans mes tripes, il me désire autant que moi.

— Mais je dis la vérité...

— Et voilà.

Il fait un pas en arrière. Il semble presque déçu quand il me hisse dans ses bras.

— C'était ta dernière chance.

Il me transporte dans la cellule.

— Le pack sur ton biceps clignote en vert, ce qui veut dire que tu n'as aucune blessure interne.

Il me pose sur un banc de l'autre côté de la baie.

— Cela signifie que je peux te donner la fessée aussi fort et longtemps que nécessaire.

La fessée ? Je n'ai qu'une vague idée du concept. J'ai déjà entendu le mot, mais ce n'est pas une punition familière. Je ne vois pas de bâton électrifié sur lui.

Il me regarde d'un air majestueux. Mes yeux s'écarquillent quand il relève la manche de sa veste de pilote, il fléchit les mains, remue les bras avec limpidité.

— Il y a quelques minutes, tu as supplié pour avoir le droit d'asile. Et tu as affirmé que tu ferais n'importe quoi. Tout ce que JE veux.

— Je...

— Et ce que JE veux, c'est que tu te soumettes à ta punition, ajoute-t-il sur le ton de la conversation comme si on parlait de la météo. Et ensuite, que tu me dises la vérité quand je te pose des questions.

Ce mâle bouge aussi vite que l'éclair. Une seconde, il est debout devant moi. La suivante, il est assis sur le banc et je me retrouve sur ses genoux, mon ventre appuyé contre ses cuisses fermes que j'admirais quelques minutes plus tôt.

— Non. Arrêtez.

Je donne des coups de pied de frustration sur le cuir du siège stationnaire.

— Vous n'avez pas à faire ça. Je vous ai dit...

— Des mensonges, malheureusement.

Il pose une main dans le creux de mon dos et me maintient en place.

— Mais je pense qu'après une fessée ça va changer. Elles

fonctionnent bien sur les femelles humaines, d'après ce que je sais.

— Je ne connais pas cette punition. Les Ocretians…

— Sont des bêtes, siffle-t-il en appuyant plus fort.

Il retire la pression immédiatement et me caresse, comme s'il s'excusait.

— Mauvais ? corrige-t-il d'un ton plus doux. Ils utilisent la torture et la peur. Ce n'est pas pareil.

Il glisse la main au creux de mes reins et je me détends. Je combats l'envie de pousser mes hanches contre sa paume parce que ce serait ridicule. Il menace de me sanctionner, alors pourquoi par la Terre, je voudrais…

— Ça me paraît être la même chose, je réplique, bien que ce soit faux.

Être punie par ce mâle me semble réellement différent. Est-ce parce que nos espèces sont plus compatibles ? Mon attirance pour lui rend-elle la soumission plus acceptable ?

Plus effrayée par ma propre réaction que par ce qu'il va arriver, j'utilise mes menottes pour frapper son tibia – qui, je ne peux m'empêcher de remarquer, est extrêmement dur. Tendu. Je le tape à nouveau, j'essaie de le faire lentement, pour que mes doigts glissent contre son mollet, pour être en contact avec son corps un peu plus longtemps que nécessaire pour une personne cherchant à faire mal.

— Tu vas devoir le payer, me prévient-il, mais sa main sur mon dos est affectueuse et détendue.

Elle me caresse toujours. C'est difficile de croire qu'un contact aussi doux puisse être compatible avec une véritable punition.

Une seconde plus tard, je change tout de suite d'idée.

— Aïe !

Sans avertissement, sa paume atterrit sur mes fesses relevées et la brûlure est immédiate.

— Arrêtez, s'il vous plaît !

Je me trémousse et il me remet en place.

Ce n'est qu'une claque. Je le sais. Elle ne me blessera pas. Ce n'est pas comme un bâton électrifié. Ou être réellement battue. Ou mourir de faim. Par contre, ça fait mal. Et c'est embarrassant.

Il recommence.

— Quand un Zandian te punit, tu ne lui demandes pas d'arrêter.

— Arrêtez, je me surprends à répéter.

Qu'est-ce qui cloche chez moi ? C'est comme si je voulais en avoir plus.

C'est de la folie pure – sur Romon-3, mon comportement me vaudrait de recevoir une bonne dose d'électrification. À être privée de nourriture et être mise en isolement pendant des semaines. Mais d'instinct, je sais qu'il ne me blessera pas. Et une part de moi, une qui est entre l'excitation et la honte, pense qu'il pourrait apprécier ce genre de réaction.

Pourquoi je l'aimerais aussi, tout cela n'est pas clair.

Mais c'est le cas.

Du moins, pour le moment. Parce que, même si les fessées sont fortes et me mettent le derrière en feu, chaque claque appuie mon ventre contre ses cuisses, son corps. Je sens ses muscles sous moi et j'entends sa respiration. Et cette sensation de picotement grandit en moi, me donne envie d'avoir plus de contact avec lui.

Je remue sur ses genoux, déjà à bout de souffle. Pourquoi ? Est-ce parce que mon cœur bat la chamade ?

— S'il vous plaît.

— Dis-moi la vérité.

Il m'en donne une nouvelle. Et encore une.

C'est à la fois agréable et pas du tout.

— C'est ce que je fais.

Il ne répond pas, mais continue à me prodiguer la fessée avec régularité, en augmentant son intensité, jusqu'à ce que mon postérieur chauffe.

Ce n'est plus aussi amusant et il a changé ma position pour que je ne puisse plus m'appuyer contre ses jambes de cette délicieuse manière si spéciales. Non, maintenant il ne reste que l'inconfort.

Je gémis. J'essaie de reprendre mon souffle. Par la Terre, ça brûle.

Heureusement, il s'arrête enfin.

J'ai envie d'apaiser l'importante douleur en me frottant la peau. Mais j'aurais besoin qu'on me libère de mes menottes par contre. Mon soulagement se transforme en horreur quand il retire mes sous-vêtements.

— Puisque tu ne sembles pas plier pour le moment, je vais devoir poursuivre à même tes fesses.

— Non.

Je serre les cuisses.

Mais il est plus fort que moi et extrêmement habile. Un instant plus tard – sans mon aide – mon pantalon et ma culotte sont sur le sol et le bas de mon corps est nu.

— Qu'est-ce que vous faites ?

C'est une question idiote. Il ne m'a pas seulement dit ce qu'il faisait, il a déjà commencé.

Ses doigts claquent avec énergie, ce qui me fait pousser des cris perçants et tenter de m'éloigner.

— Tu en auras dix comme ça avant de reprendre la discussion, dit-il en me repositionnant sur ses genoux.

Sa main redescend. Encore. Il est vigoureux. Je n'arrive pas à imaginer qu'un humain puisse dispenser une fessée aussi violente.

Et cette pensée me rappelle la manière dont ses muscles

saillaient sous son pantalon blanc de guerrier. Je ne devrais pas trouver ça excitant.

Pas du tout.

J'utilise toute mon énergie pour me pousser, mais c'est en vain et il le sait. Il prend son temps, il laisse chaque claque s'ancrer avant de me donner la suivante.

Même si j'ai du mal, que je suis haletante, que je lance des cris perçants sous la douleur, je réalise qu'il est comme un animal plus fort jouant avec sa proie. Il se moque d'elle. La provoque. Et cette pensée ravive les picotements dans mon ventre qui grandissent. Chaque fessée les rallume jusqu'à ce que j'aie envie de quelque chose que je ne comprends pas.

Quand il arrive à dix, je gigote, pas trop à cause de l'inconfort (même si elles me brûlent vraiment !), mais sous la confusion. Mon corps me trahit comme il ne l'a jamais fait auparavant.

— Maintenant, on va réessayer, d'accord ?

Sa voix semble différente. Il me relève et m'assoit sur ses cuisses. Il me tourne pour que je regarde son visage. Ses muscles sont fermes sous mes fesses. Je suis consciente du contact de mon sexe contre sa jambe.

Pourquoi, par les étoiles, me pose-t-il sur ses genoux ? Est-il en colère ou pas ? Est-ce une punition... ou autre chose ?

Je pourrais juger que ses cornes sont plus épaisses et tendues qu'auparavant, et je pense sentir sa verge durcir aussi. Je me tortille, en parti à cause de l'inconfort et pour en apprendre plus sur lui.

— Drayk, je souffle, en oubliant de l'appeler maître ou seigneur.

— Dis-moi ce que je souhaite savoir. Je ne veux pas te faire mal, insiste-t-il d'un ton suppliant.

Il semble réellement inquiet, il examine mon visage pour s'assurer que je ne suis pas brisée.

De toute évidence, les Zandians n'ont aucune idée de la quantité de douleur, et de torture, qu'un humain peut endurer. Je ne vais pas lui divulguer.

— Rends-toi les choses plus faciles.

Il est si sincère, j'ai envie de lui donner les réponses qu'il souhaite. Mais c'est impossible.

— Je ne peux pas inventer des histoires pour satisfaire votre imagination.

Je n'arrive pas à lui expliquer, à lui faire comprendre.

— Je le jure, les seringues n'ont rien à voir avec Zandia.

Il soupire.

— Alors on va recommencer. C'est toi qui t'infliges ça. Tu as eu ta chance de l'éviter.

Il me remet sur mes pieds, face au banc, puis il m'incline le torse, caresse mes fesses, comme pour apaiser ma peau douloureuse.

— Ça va faire mal, m'avertit-il.

J'entends un bruissement et un cliquetis, comme s'il retirait quelque chose. Je réalise qu'il a enlevé la ceinture de son fourreau. Son épée est sur le sol toujours dans son étui. De toute évidence, il ne se préoccupe pas du fait que je pourrais vouloir l'attraper.

Bon. Ce mâle pourrait prendre l'avantage sur moi avec son petit doigt.

— Si tu ne réponds pas à ma question avant que j'arrive à dix...

Puis j'entends le bruit d'un fouet, puis un éclair brûlant frappe mon postérieur. Je crie, mais il me maintient en place. Je ne peux m'échapper.

— Vous pouvez me donner la fessée tant que vous le désirez, je ne vais pas modifier ma version, je hurle. Vous pouvez me tuer, elle ne changera pas. Je vous ai dit la vérité.

Mes yeux se remplissent de larmes. Ce qui me fait réellement mal c'est son manque de confiance.

— *Bordix*. Ce n'est pas ce que je voulais.

Il jette la ceinture et elle cliquette sur le sol. Il s'effondre sur le banc à côté de moi.

***

D *rayk*

L'humaine renifle et se raidit.
     Par les étoiles, non.

Je lui ai fait mal. Aussi doucement que je le peux, je lui prends le menton et je tourne sa tête vers moi. Ses joues sont couvertes de larmes. On m'a parlé de ce phénomène, mais je ne l'avais jamais vu.

Je ne suis pas prêt pour toute l'horreur que ça provoque en moi.

— Taisha ?

Elle s'arrache à mon emprise et détourne les yeux.

Mon cœur se serre.

Bordix. J'étais idiot de penser que je savais comment corriger et interroger une femelle. J'ai seulement entendu tellement de conversations sur le plaisir de mettre les humaines sur le droit chemin, je n'ai jamais imaginé que ça puisse être autre chose que... satisfaisant.

Mais ce n'est pas le cas.

Bordix, c'est en fait réellement affreux.

Sauf quand elle était assise sur mes genoux.

J'ai besoin d'aide. Un être pouvant me conseiller. Pour m'assurer que je n'ai pas provoqué de dégâts irrémédiables sur elle. J'active mon communicateur et je demande à contacter le Dr Daneth, le médecin du roi. L'être qui a découvert le programme pour s'accoupler avec des humaines.

L'hologramme du Dr Daneth apparaît, mais je suis soudain pris de l'envie folle de l'empêcher de voir Taisha. Surtout parce que je lui ai enlevé le bas. Je tâtonne sur mon appareil pour passer en audio uniquement, j'insère le récepteur dans mon oreille pour être le seul à l'entendre.

— Docteur Daneth, bonjour. Une femme humaine a embarqué clandestinement sur notre vaisseau pendant qu'on était sur Romon-3 – une esclave en fuite.

Je m'éclaircis la gorge.

— J'ai usé de la correction avec la main pour la rendre plus engageante.

— Et ? intervient le Dr Daneth quand je ne poursuis pas.

Je déglutis.

— J'ai aussi utilisé la ceinture une fois. Elle pleure maintenant.

— Je vois, dit le Dr Daneth de son ton froid et clinique.

Il est l'un de nos aînés, mais il a sa propre compagne humaine – une jeune reproductrice féconde qui lui a déjà donné deux Zandians métis.

— Pleure-t-elle de douleur ou de désir ?

Mon sexe bondit au terme désir, même si je ne suis pas certain de ce que veut dire le Dr Daneth.

L'adorable femelle s'est mise en boule dans le coin le plus éloigné du banc, où elle peut m'observer. Ses genoux sont remontés, cachant sa fente, mais les courbes de ses fesses rougies sont toujours apparentes.

Je m'éclaircis la gorge.

— Euh... Comment je peux le savoir ?

— Y a-t-il de l'humidité à son entrée ? Tu pourras la voir luire entre ses jambes. Ou le sentir.

Je me dirige vers elle avec détermination, mais je m'arrête net. J'ai été entraîné au combat depuis mon enfance. Je n'ai pas peur sur le champ de bataille. Sûr de moi avec mon épée ou au corps à corps. Je suis à l'aise à la barre d'un vaisseau. Devant la lèvre boudeuse de l'humaine, toujours tremblante, je gagne un peu en confiance.

Je pose une main sur ses genoux et les ouvre doucement.

Par l'étoile de Zandia. Elle est humide pour moi.

— Ah, il semblerait que ce soit du désir, monsieur.

Et le mien en réponse est également présent – pas au point de lui prodiguer des coups de reins jusqu'à crier ma jouissance, mais bien là. Mais je souhaite aussi soulager sa douleur. Lui donner un orgasme et regarder son jeune corps onduler, frissonner et trembler quand je le ferai. Lui apporter du plaisir. Ce besoin me submerge.

Je prends une profonde inspiration.

— Capitaine, as-tu l'intention de prendre cette femelle pour compagne ? demande assez durement le Dr Daneth.

Sa voix autoritaire me fait sortir de ma convoitise.

Ma compagne ? Je n'y ai pas pensé. Elle est belle, bien sûr. Exquise, avec sa peau noire et ses grands yeux bruns.

Mais c'est un énorme engagement. On doit l'éduquer pour qu'elle s'intègre à la société zandianne. Être responsable de ses actions, assurer la sécurité de notre planète. Et les humaines font des ravages sur les Zandians habituellement impassibles. J'ai une carrière dans les forces de l'ordre, mes obligations nécessitent que je sois détaché et réfléchi.

Seulement dans le petit intervalle où cette humaine a été retrouvée à bord de mon vaisseau, j'ai ressenti plus d'émotions que je le fais généralement en un cycle solaire.

— Je n'en suis pas certain, docteur.

— Alors tu n'aurais pas dû la punir de cette manière. C'est une correction intime utilisée avec le plaisir pour les lier à leur maître ou leur compagnon. Sans lui, elle va montrer des signes de honte et même de désespoir. Ce sera dommageable pour sa santé mentale.

Mon cœur bat plus vite que la normale.

Comment ai-je pu commettre une telle erreur ?

— Je vois. Je vais, euh, rectifier le problème, docteur. Du mieux que je le peux.

J'ignore comment procéder, mais je sais que je dois essayer. Mais me ment-elle toujours ? Les humains sont des créatures trompeuses.

Je m'assois près d'elle.

T*aisha*

Le grand Zandian me relève et me place entre ses jambes comme si je n'étais pas plus lourde qu'une plume. Il se saisit de mes fesses et les caresse pour les apaiser.

J'essaie de ne pas gémir, mais c'est si bon. Naturel, même si ça ne le devrait pas.

Il se penche en avant et me fixe dans les yeux.

— Jure-le, ordonne-t-il. Sur ta vie et celle de… Leylah. Je peux voir qu'elle est importante pour toi. Dis-moi sans tressaillir que tu ne mens pas pour le poison.

— Je ne mens pas pour le poison.

J'essaie d'insuffler aux mots toute l'authenticité que je

peux puiser en moi. Mon désespoir et ma sincérité semblent enfin l'atteindre. Je le fixe en retour, ses yeux profonds, tâchant de lui transmettre mes pensées comme je ne pourrais pas le faire avec des paroles. Nous restons ainsi, à nous river du regard pendant une longue minute. Le temps nous échappe et j'ai le sentiment de le connaître. C'est fou ! Encore une fois, je sais que c'est complément insensé, mais il y a quelque chose en lui qui m'appelle. Comme si nous étions censés nous retrouver là. Et il est impératif que je le convainque de mon innocence.

Après une longue pause, il hoche la tête.

— Je te crois.

Mes épaules s'affaissent sous le soulagement.

— Merci, par la Terre.

— Mais je pense que tu mens toujours à propos de quelque chose, m'avertit-il.

Je me redresse à nouveau pour essayer de cacher ma surprise et ma culpabilité.

— Je vous ai donné ma vérité.

Il plisse les yeux, mais ne prononce pas un mot.

— Si vous étiez malin, vous me feriez ressentir autre chose que de la douleur si vous voulez que je parle, dis-je.

J'ignore ce qui m'a poussé à dire ça. Peut-être cette palpitation constante entre mes jambes. La manière dont il m'a ouvert les genoux pour m'inspecter. L'humidité de mon sexe. Il l'a appelé désir.

Oui, ça y ressemble.

J'essaie de me frotter le nez et mes menottes me frappent la lèvre, j'avais oublié que je les avais toujours.

— Aïe.

Je grimace et je la masse du dos de la main pour soulager la douleur.

— Taisha, ça va ?

Il me prend les poignets et les baisse pour examiner ma bouche. Il la touche d'un doigt, et me maintient la tête avec l'autre.

— Ne bouge pas, laisse-moi regarder, m'ordonne-t-il. Je sais que les humains sont des créatures délicates.

Il caresse doucement ma lèvre inférieure de son pouce. Un bourdonnement naît dans mes tripes. Mes mamelons se redressent.

— Non, pas de coupure. Tu n'as rien. *Bordix.*

Il ouvre les menottes et mes mains tombent de chaque côté avec un sifflement.

— Ne fais rien de stupide, m'avertit-il.

Mais il est trop tard. Je tends le bras vers ses cornes, parce que je n'en peux plus d'attendre pour sentir leur texture sous mes doigts. Avant même de la toucher, il m'attire à lui pour un baiser.

J'émets un cri de surprise contre ses lèvres, je le laisse contrôler cette étreinte. Il me prend les mains et il les pose de chaque côté de son visage – avec une sorte de son d'avertissement, puis il explore ma bouche avec sa langue.

J'ai envie de lui, je suis déjà enivrée par son odeur, son contact. Je n'ai jamais touché un mâle de cette façon, mon corps semble tout comprendre avec son aide. Il est chaud et fort. Je me complais dans la puissance de ses bras, de ses jambes. Son torse. Je me blottis contre lui de toutes les manières possibles et je remue les cuisses quand nos langues se rencontrent. Je veux autre chose.

— Je sais ce dont tu as envie, murmure-t-il en interrompant le baiser une seconde.

Vraiment ? Je n'en suis pas certaine moi-même. Et j'ignore ce que je fais. Mon corps semble toutefois connaître la chanson.

Mes yeux sont fermés. Je flotte. Je me balance d'un pied

à l'autre. Une seconde plus tôt, j'étais choquée et gênée de me retrouver nue devant lui. Maintenant, c'est la meilleure chose de la galaxie, ou presque, parce que je pense qu'il y a autre chose en approche. Quelque chose grandit en moi, une étincelle qui brûle de plus en plus fort.

Je gémis contre sa bouche et il m'embrasse avec plus de passion. Cette fois, lorsque je souhaite m'emparer de ses cornes, il me laisse faire et elles sont aussi parfaites que je l'imaginais, chaudes, fermes, dures. Son pouls palpite en elle quand je resserre ma prise, comme je le supposais, et je recommence à plusieurs reprises, jusqu'à ce qu'il grogne et m'embrasse si fort, qu'il me fait encore plus mal à la lèvre que le coup de menottes. Mais j'aime ça. J'en veux plus et je continue de jouer avec ses excroissances par instinct, le sentant se dresser entre mes jambes.

Je tends une main pour le caresser et il gémit en m'attrapant le poignet. Il ne m'arrête pas, mais vérifie que tout va bien.

— Tu sais ce que tu fais ? L'as-tu déjà fait ?

Sa voix est rauque. Pleine de passion.

— Non, mais j'en ai envie, je murmure.

— Tu ignores ce que tu désires, répond-il avec un ton déformé.

— S'il vous plaît. S'il vous plaît.

Je craque.

— S'il vous plaît, quoi ? lance-t-il à la fois amusé et frustré. Connais-tu les termes ?

Je n'arrive pas à verbaliser, mais je veux quand même son absolution. J'ai besoin d'être transfigurée. De vivre quelque chose de plus grand que moi, pour rattraper ce que j'ai traversé au cours des dernières rotations planétaires. Je pense que je lui demande de sauver mon existence.

— Simplement s'il vous plaît, je répète.

J'écarte les jambes, et il pose la main sur elle. Il est impossible d'arrêter le cours des évènements, aucun mot ne pourrait avoir d'importance.

Ses doigts trouvent ma peau lisse et chaude entre mes cuisses et ils s'aventurent plus haut. Je retiens mon souffle, je n'ose imaginer la suite, jusqu'à ce qu'il entre en contact avec l'endroit satiné entre elles. Je crie et enfouis ma tête dans son cou. Je le mords fort, au point qu'il en gémit.

— Chevauche-moi, ordonne-t-il en m'aidant à monter sur ses genoux pour que je puisse lui faire face, les jambes écartées. Et ne touche pas mes cornes.

Il grimace.

— Sinon je ne pourrai pas m'arrêter..., ajoute-t-il.

— Arrêter quoi ?

Mes paupières se referment et je pose mes lèvres sur les siennes.

Il me claque les fesses d'une main et j'essaie de dire « aïe » contre sa bouche, mais ça s'entremêle avec le baiser, et en toute bonne foi, ça ne fait pas réellement mal. C'est agréable, et je remonte mon postérieur, j'en demande plus. Il m'en prodigue d'autres, jusqu'à ce qu'elles picotent presque autant qu'auparavant, mais cette fois – mélangé avec la passion – c'est tellement incroyable que je pourrais mourir.

— Tu sais comment on appelle ça ?

Il me touche entre les jambes. Je suis si sensible là que je crie et tente de les refermer, mais il rit.

— Garde-les ouvertes pour moi, ou je te donnerai de plus grosses fessées.

— Je...

— Dis-moi ce que tu feras, lance-t-il avec une assurance dure comme le roc.

— Je... vais garder les cuisses écartées pour vous.

Ma voix est si pleine de désir que je ne la reconnais pas moi-même.

— Très bien. C'est ta chatte, murmure-t-il en glissant un doigt contre ma peau. Ton clitoris.

Il trouve le bouton que je caresse parfois tard le soir sur ma palette. Seulement, son contact m'embrase tellement que j'ai envie de crier.

— Pour le moment, c'est ma chatte. Et mon clitoris. Tu comprends ?

— Oui, je soupire. Les tiens.

— Je peux en faire ce que je veux.

Son ton est arrogant, mais je fonds à l'intérieur. Mon entrejambe est complètement humide aussi.

— Tu as aimé lorsque je t'ai donné la fessée. Et quand je fais ça.

Il glisse son index en moi et trouve un point en moi qui me fait gémir sous la volupté.

— Et ça.

Il le caresse jusqu'à ce que j'en tremble. Mes sensations vont crescendo, toujours plus haut. Je vais mourir. Il faut que ça s'arrête, je veux plus, je veux...

Il retire son doigt.

— Mais pas si vite. Parce que sinon, où est le plaisir ?

Je pleure presque de frustration et il me redonne une claque sur les fesses. Puis une autre. Lorsque je ne peux presque plus le supporter, il m'enlève mon chemisier aussi. Je me retrouve complètement nue.

— Ta poitrine, si parfaite, murmure-t-il en penchant la tête pour lécher un mamelon.

La sensation est si intense que je crie. C'est comme si un éclair passait de ses lèvres à mon sein pour fuser vers mon clitoris. Je me frotte contre ses cuisses, sans honte, suppliant avec mon corps pendant qu'il m'embrasse sans relâche.

— Tu chevauches mon sexe.

Il me mordille le téton.

— Dis-moi que tu le veux, ajoute-t-il.

— S'il vous plaît, je le veux.

Je comprends comment fonctionne l'accouplement. Je connais certains termes. Par contre, je n'imaginais pas que ça puisse être aussi agréable.

— Non.

Sa voix est rauque et tendue.

— Je ne peux pas, sauf si je te prends... officiellement pour compagne. Mais je peux faire ça pour toi.

Il repose ses doigts sur mon clitoris.

— Et si tu me demandes très gentiment, je peux te donner la jouissance que tu désires.

— Je ferai tout ce que tu veux, je gémis.

— Ah, tu t'es déjà engagée à ça quand on s'est rencontrés, murmure-t-il à mon oreille avant d'en mordiller le lobe. Fort. Que pourrais-tu offrir de plus ?

Il joue avec moi, mais j'ai une réponse pour lui. C'est une promesse venant du plus profond de mon cœur, et même si elle est irréfléchie, je sais qu'elle est sincère. Je ne peux la prononcer toutefois, parce que ses doigts agiles œuvrent sur mon corps au point de me faire perdre le contrôle. Il me caresse, s'amuse, me pince, chaque mouvement me rapproche plus du précipice.

— Ne jouis pas avant que je t'en donne la permission, m'ordonne-t-il quand mes cuisses commencent à trembler et que je gémis de désir. *Bordix*, si tu te laisses aller trop tôt, je vais prendre cette ceinture et te fouetter les fesses puis te dispenser des orgasmes sans relâche jusqu'à ce que tu n'en puisses plus.

Je crie, parce que ses paroles m'enflamment au point de ne plus en pouvoir.

— S'il vous plaît, je le presse d'une voix chevrotante. Je vais mourir si vous ne me le permettez pas.

Je ne songe toutefois pas une seconde à lui désobéir. Même si c'est un jeu, il me possède. Complètement.

Je pense qu'il murmure quelque chose comme :

— Je ne l'autoriserai jamais. Je te le jure.

Mais je pousse des cris si fort qu'il est difficile d'entendre des petits soupirs et des gémissements.

Enfin, il dit :

— Maintenant.

Et il effleure mon clitoris avant de le caresser avec des mouvements plus réguliers et doux. Je hurle et laisse venir cet incroyable déferlement. Sous mes paupières, c'est une explosion de lumières, de couleurs et de flashs. Et dans mon corps, les sentiments les plus tendres, les plus horriblement merveilleux que j'ai pu ressentir dans ma vie. Et ils se poursuivent tant qu'il me touche, nous sommes connectés, jusqu'à atteindre le sommet et son embrasement. Puis je flotte à nouveau dans ses bras, en sueur et haletante, pleinement satisfaite et remplie de bonheur.

CHAPITRE SIX

D*rayk*

Par les étoiles. Qu'est-ce que j'ai fait ? L'humaine s'assoupit dans mes bras, complètement épuisée par son supplice, ainsi que, si j'ose le dire, son orgasme phénoménal. Elle ronronne un peu et se blottit contre moi, puis elle dit quelque chose d'inintelligible en somnolant. Elle sourit, alors je ne crois pas que ce soit un cauchemar.

Bien sûr, sa vie a dû être une horreur jusqu'ici. Ai-je empiré les choses ?

Tarak ouvre la porte et m'appelle.

— Capitaine, pour l'atterrissage...

Il s'arrête quand il la sent dans mes bras. Il lève les sourcils, me pointe et prend un air enjoué.

— Petit salopard, chuchote-t-il.

Je me raidis.

— Va au *bordix*, je grommelle en retour.

Il l'entend, même si ce n'est qu'un murmure – son audition est très exacerbée puisqu'il est aveugle. Je suis conscient qu'il ne peut pas visualiser les traits et les visages, toutefois, les senseurs infrarouges pour la chaleur de son implant cérébral lui permettent d'apercevoir les formes des corps... Et leur proximité. Oui, Tarak sait exactement ce que je faisais avec Taisha.

Ma petite humaine est bien endormie, alors je la pose sur le fauteuil en suspension et la recouvre d'un châle pour cacher sa nudité.

— Tu pourrais te retourner par respect, je souffle à Tarak à voix basse quand je le rejoins, même si elle est déjà enveloppée et qu'il ne peut voir les détails.

— Calme-toi. Je ne la toucherai pas.

Son ton contient une pointe d'humour.

Je lui saisis le bras et le tire hors de la pièce, la porte se referme en sifflant et elle émet un bip, puis une lumière clignote pour indiquer qu'elle est verrouillée. Si elle se réveille, elle ne pourra pas quitter cette zone. Elle est toujours notre prisonnière, bien sûr. Je ne suis pas stupide.

— Qu'est-ce qui t'a pris ? Tu l'as réclamée ? demande-t-il en plissant les yeux. Tu sais que ce n'est...

— Non, ce n'est pas ça, je rétorque.

Même si je n'en étais pas loin.

— Je, euh, l'ai punie pour avoir menti, je précise. J'ai essayé de lui extorquer la vérité. Puis, j'ai dû, euh, la consoler. Le Dr Daneth m'a informé que les humains ont besoin d'attentions de ce genre.

Je m'éclaircis la gorge.

— Vraiment ? se moque Tarak. Tu voulais extraire des connaissances ? On aurait dit que tu tâchais d'insérer quelque chose plutôt...

Il n'a pas tort.

Je contrôle mon humeur pour ne pas donner de coup de poing dans le mur ou dans son visage.

— J'ai fait ce qui était nécessaire pour savoir si elle

mentait ou pas. Je pense qu'elle est sincère pour les seringues.

Il devient sérieux.

— Si c'est le cas, alors on est en présence du prototype d'une nouvelle arme biologique, capitaine. Une qui pourrait nous aider à vaincre les Ocretians si on en arrive là.

C'est mon meilleur ami et un des membres de mon équipage. Il est capable de passer des plaisanteries au travail en un claquement de doigts.

— Parfaitement. Et si les Ocretians viennent à le savoir, il est très probable qu'ils agissent contre les humains de Romon-3, ou nous, ou les deux.

Nous demeurons tous les deux, là, à regarder par le hublot de la porte, la silhouette de Taisha endormie. Elle semble si petite et délicate, mais sous sa charmante apparence, elle reste un mystère.

— Elle nous a peut-être apporté une arme secrète qui pourrait nous donner un avantage contre les Ocretians.

— Ou une malédiction qui déclenchera une guerre.

Tarak pousse un soupir.

— Le roi Zander va devoir décider de son sort.

Je n'aime pas ça.

— Elle aura l'asile, bien sûr, dis-je en fronçant les sourcils.

Tarak penche la tête.

— Sauf s'il est préférable pour notre planète de la renvoyer.

— Il ne rendrait jamais...

— Pas en des circonstances normales. Mais si c'est pour le bien de Zandia...

Il laisse la phrase en suspens.

J'ai la poitrine comprimée.

— On n'en viendra pas là, je jure, bien que je n'aie

aucun moyen de m'en assurer. On ne peut pas expédier un être doué d'une conscience – une humaine par-dessus le marché ! – vers la torture et la mort.

— Les esclaves sont asservies depuis des millénaires par les Ocretians et par la plupart des espèces de notre galaxie. Les Zandians ne sont jamais intervenus auparavant, mentionne Tarak.

Je grogne. Il a raison, bien sûr. Mais maintenant que j'ai tenu cette humaine dans mes bras, il me serait impossible de l'envoyer vers une exécution certaine.

Je me redresse. Je dois me ressaisir. Toute ma vie est vouée à Zandia et à la survie des nôtres. Non seulement je suis le capitaine d'un vaisseau de combat, je suis également en formation pour être un sage judiciaire, sous les ordres directs du roi Zander. Je dois garder mon sang-froid et ma présence d'esprit pour prendre des décisions sur les droits d'asile et les questions d'état pour protéger Zandia... Pas mes désirs personnels.

— Bien sûr, tu as raison.

Je laisse mes sentiments me submerger.

— On dit que les humains apportent des émotions aux Zandians et les affaiblissent. Je dois rester loin d'elle pour que ça ne se produise pas.

Tarak me donne une claque sur l'épaule. Avant de le suivre au centre de commandes, je jette un dernier coup d'œil à Taisha. Elle a changé de position dans son sommeil et une de ses hanches parfaites est saillante. Mon sexe se durcit et je me force à me concentrer sur ma tâche – faire atterrir mon équipage sur Zandia.

Aussi exquise soit-elle, je ne peux me permettre de perdre mon énergie mentale sur elle. Mon roi et ma planète ont besoin de moi. Je dois leur être entièrement dévoué.

Mais tout en procédant aux manœuvres que j'ai

apprises par cœur, ajustant avec adresse le vaisseau, elle reste dans un coin de ma tête. Ses yeux brillants, sa peau ferme, le goût de sa bouche. La manière dont son corps correspond au mien. Combien je désirerais la faire mienne.

Soudain, le communicateur à mon oreille bipe.

— Capitaine Drayk ? C'est à nouveau le Dr Daneth.

— Oui, docteur ?

— Je me trouve avec maître Seke. Il se pourrait que tu puisses accomplir une mission pour moi. Elle est personnelle... mais importante pour moi.

— Ce que vous voulez.

Ce dernier occupe un poste très respecté dans le palais de Zander. Autant que maître Seke, notre commandant de guerre. Lui refuser une faveur serait un suicide professionnel. De plus, il m'a aidé plus tôt.

Dr Daneth s'éclaircit la voix.

— Ma compagne a donné naissance à deux jeunes humains quand elle était esclave reproductrice chez les Ocretians. Ils lui ont été enlevés. Je les ai cherchés à travers les données habituelles et les canaux diplomatiques, sans succès. J'en suis venu à la conclusion que le seul moyen de déterminer leur position actuelle est de s'infiltrer et de voler les dossiers physiques du centre de fécondation où Baya était retenue.

Mon cœur bat plus vite, le guerrier en moi est désireux d'avoir un nouvel objectif.

— Nous serions heureux d'accepter cette mission pour toi, docteur.

— Merci.

La voix de maître Seke nous parvient.

— Nos écrans de contrôle à distance indiquent que vous avez suffisamment de carburant pour au moins deux sauts en hyperespace et assez de provisions pour une rotation lunaire. C'est exact ?

— Affirmatif.

Je fais basculer la communication pour que mon équipage puisse entendre également.

— Et vous êtes près de la planète Fonquin ?

— Affirmatif.

Tarak se redresse dans son siège à côté de moi, certainement excité par la mission qu'on vient de nous confier.

— L'humaine à bord est-elle maîtrisée et stable ?

— Oui.

— Changez de cap vers le secteur A-47 vers Fonquin. On a intercepté une transmission cryptée mentionnant que les dossiers physiques des esclaves vont être déplacés vers un nouveau site, plus hautement gardé. C'est notre seule chance de nous faufiler sans être détecté et de voler ce dont nous avons besoin.

— Compris.

Je sens l'énergie affluer en moi.

— Les enfants de Bayla sont toujours asservis quelque part dans l'univers, indique Dr Daneth. J'espère que ces dossiers pourront nous révéler leur emplacement, ou du moins leur code barre pour que nous puissions les chercher dans les bases de données.

Maître Seke intervient.

— Si vous parvenez à les télécharger, on aura la localisation de chacun des jeunes et nous pourrons déterminer si, et quand, on pourra entreprendre une mission de sauvetage pour chacun d'eux.

— On peut y arriver, je promets.

— Vous êtes le seul vaisseau de guerre dans les parages. En préparer un second serait du temps perdu.

— Docteur Daneth, dites à votre compagne que nous trouverons ces dossiers.

— Mettez la vitesse maximale que peuvent supporter toutes les formes de vies à bord, intervient maître Seke. Nous vous transmettrons les informations nécessaires en cours de route.

— Ce sera fait.

Je programme notre nouvel itinéraire dans l'ordinateur.

— Nous devons élaborer notre plan d'attaque. Tarak, tu t'y colles ?

À côté de moi, Tarak est plongé dans un grand état de concentration, son casque bipe et ses paupières fermées palpitent pendant que ses mains courent sur son clavier. Je trouve toujours si difficile de concevoir qu'un Zandian aveugle puisse être aussi doué pour la navigation, mais il a développé un lien avec la technologie sans pareille. Je lui fais entièrement confiance. Je n'ai jamais peur de l'avoir à mes côtés. En fait, il est l'un des meilleurs techniciens astronomiques sur Zandia actuellement.

— Oui, acquiesce-t-il. Je suis branché sur le sonar et les transcriptions visuelles. Je nous prépare la route la plus adaptée pour éviter les astéroïdes dans la ceinture Delta.

— Vaux mieux que ce soit toi que moi, dis-je en riant, mais ce n'est pas une blague. Jusqu'à ce que le Dr Daneth approuve les implants pour tous, cela dit.

Il grogne.

— Ne sois pas trop pressé. Il est bien trop risqué de subir cette opération sur un Zandian sans handicap. On a eu de la chance que ça ne me tue pas. Souviens-toi que j'ai perdu toutes sensations dans ma jambe pendant un cycle solaire complet et j'ai dû endurer une grosse rééducation pour reconstruire les nerfs abîmés.

Puis sa bouche se tord avant de reprendre son expression positive habituelle. Je ne l'ai jamais entendu se plaindre de son état, mais parfois je me demande si ça l'ennuie. Il est évident qu'il est un grand atout pour Zandia, handicapé ou pas, mais il n'a jamais réclamé de compagne. Il n'a jamais montré le moindre intérêt dans ce sens. Même s'il aime la voix de la nouvelle humaine.

Je me concentre sur ma tâche en cours.

— Les deux meilleures routes ?

— On peut contourner la ceinture Delta. Si on passe au travers, et que j'utilise mon lien pour éviter les astéroïdes et les débris, on pourra atteindre notre destination en deux fois moins de temps.

— Fais-le.

Je sais qu'il peut le gérer – il nous guide dans des endroits où des vaisseaux plus petits et agiles que le nôtre ne vont pas. Même notre as de la navigation chez les humains, Mirelle – qui a une sorte de don de concentration extraordinaire qui la rend parfaite pour le poste – ne peut faire mieux que Tarak dans ses meilleures rotations planétaires.

— Capitaine.

Il hoche la tête et ferme les yeux à nouveau.

Un membre de l'équipage zandian entre.

— Monsieur. La clandestine crie à l'aide. Elle te demande.

— *Bordix*.

Je me rappelle que je l'ai laissée là après que je...

— Envoie quelqu'un pour lui apporter de la nourriture et... non, attends.

Je ne supporte pas l'idée qu'un Zandian y aille et la voit. Ses fesses sont-elles toujours nues ? L'ai-je bien couverte ? Je ne suis pas sûr de l'avoir fait. De la culpabilité, et autre chose, ricoche en moi.

De la jalousie.

C'est un sentiment que je ne suis pas habitué à ressentir. Que les humaines soient maudites avec leur habileté à réveiller les émotions zandiannes.

J'examine mon écran – nous sommes en route, tout est stable.

— Laisse tomber. Je vais m'occuper d'elle. Je reviens dans quelques minutes.

Je me lève et sors.

Je prends une grande inspiration en approchant de la porte. Je me redresse avant de l'ouvrir.

Elle gémit. Quand elle me regarde, ses yeux sont fous, comme si elle voyait autre chose.

Elle avait la même expression quand elle m'a poignardé avec la seringue.

— Va-t'en, ne me touche pas !

Elle crie et se recroqueville.

— S'il vous plaît, supplie-t-elle avec une voix étouffée.

— Sors.

Je renvoie le garde. Il hoche la tête et tourne les talons. J'entre dans la pièce, je laisse la porte pneumatique se refermer en sifflant derrière moi avec son clic. Je m'assois près d'elle.

— Taisha. Tu as des hallucinations.

Elle ne montre aucun signe qu'elle me reconnaît. Je lui attrape les poignets, juste au-dessus de ses menottes. Je lui parle à l'oreille, mes lèvres effleurent sa peau.

— Tu es en sécurité. Respire.

Elle se fige tout de suite, cligne les yeux et ces derniers reviennent enfin à la normale. Lentement, son corps crispé se détend. Je m'installe près d'elle, l'attire sur mes genoux et la serre dans mes bras. Elle s'effondre sur mon épaule, toujours tremblante. Ce n'est pas réellement érotique, mais ce n'est pas platonique non plus. Je suis hypnotisé par la sensation de ses cheveux frisés contre ma joue quand je baisse la tête. Elle a un parfum floral. J'aimerais rester là pour une éternité, mais nous manquons de temps. Je m'éclaircis la gorge, elle soulève ses paupières plissées et elle cligne des yeux pour en chasser l'eau avant de me regarder.

— Où suis-je ? Je suis – oh. Sur le vaisseau.

Elle contemple ses menottes, puis son corps.

— On, ah. Je. Oui.

Je la fais descendre de mes genoux et je lui rends ses vêtements. Elle est embarrassée par mes marques de tendresse.

— Tes traumatismes affectent ta raison, je lui indique.

Je sais que les humains sont des créatures émotionnelles, mais il semble que celle-ci soit devenue instable. Toutefois, je ne peux m'empêcher de me sentir protecteur envers elle. Ce sentiment paraît même exacerbé.

— Nous avons été déviés pour une mission avant de rentrer sur Zandia.

Je considère l'idée de lui dire ce que c'est. Après tout, elle est une esclave qui s'est échappée. Elle pourrait nous fournir des informations qui nous aideraient à voler ces dossiers.

— La compagne humaine d'un des plus grands conseillers du roi cherche ses petits. Ils lui ont été enlevés à la naissance. Nous avons la chance de pouvoir extraire les données nécessaires pour les localiser.

Taisha me regarde avec surprise.

— Tu as demandé l'asile sur Zandia. Veux-tu contribuer et servir notre espèce ?

Elle déglutit et je contemple, fasciné, les tendons de son cou délicat. Ses pommettes sont hautes et obliques. Ses yeux semblent plus lumineux maintenant. Par les étoiles, elle est belle.

— Oui, Maître.

Je me lève.

— Alors, je souhaiterais que tu t'assoies dans la salle de contrôle et que tu répondes à des questions sur les esclavagistes ocretians. On pourrait avoir besoin de ces informations pour notre mission.

Ma voix est sévère, mais mon corps... *bordix*, comme je la désire.

Elle acquiesce.

— Bien sûr, Maître.

Mon sexe s'épaissit. Je devrais lui dire de ne pas m'appeler seigneur ou maître, mais j'aime trop ça.

Je lui laisse les menottes pour le moment. Elle est toujours notre prisonnière et je ne lui fais pas confiance.

— C'est une chance pour toi de nous prouver ta loyauté.

Je l'aide à se lever.

— On en tiendra compte quand on arrivera enfin sur Zandia. Puisque notre première rencontre ne s'est pas bien passée, j'ajoute en examinant mon bras.

Elle suit mon regard, il est presque entièrement guéri.

— Je me suis déjà excusée pour ça.

Je dois me forcer pour ne pas sourire, même si je ne sais pas pourquoi j'en ai envie. Je crois que j'aime trop qu'elle soit désolée.

— C'est ce que j'ai compris. Le temps nous le prouvera. On peut repartir de zéro. Viens.

Je glisse ma paume sur la douce courbe de son coude. Son parfum me remplit les narines et me fait presque perdre l'équilibre. *Bordix*, j'ai envie de la jeter sur le banc et la prendre jusqu'à ce qu'elle crie de plaisir.

Pas maintenant.

Ce n'est vraiment pas le bon moment.

Je dois me ressaisir et je l'escorte le long du couloir vers les consoles, et lui indique un siège près du mien, un peu sur le côté.

— Ne touche à rien, je l'avertis. N'interfère avec rien. Pour être sûr, je détache une de ses menottes et l'accroche au fauteuil ce qui m'assure qu'elle ne pourra pas partir pour atteindre les commandes.

Elle acquiesce simplement. Elle a les yeux écarquillés, elle regarde partout autour d'elle, à mi-chemin entre l'émerveillement et la nervosité.

— Première fois à bord d'un vaisseau ?

Elle hoche la tête.

— Oui, Maître.

— Tu es née sur Romon-3 ?

— Non...

Elle fronce les sourcils.

— Je suppose que j'ai été transportée jusque-là depuis un centre de reproduction. Mais c'était dans une cage. Je n'ai jamais vu l'intérieur.

Je savais que les esclaves étaient transférées dans des cages, mais entendre que cette belle humaine a passé sa vie à être traitée comme une bête me donne un coup dans les tripes.

— Je suis désolé, dis-je.

Et c'est vraiment le cas.

CHAPITRE SEPT

T*aisha*

— Quelle est précisément votre mission, Maître ? Comment puis-je vous servir ?

Le capitaine et le second ne me répondent pas. C'est étrange que le navigateur garde les yeux fermés. Il porte un casque sophistiqué avec des câbles et quelque chose clignote quand il travaille.

— Il peut voir ? Pouvez-vous voir ?

Une question directe pour les deux Zandians, mais encore une fois sans réaction.

Je pivote autant que je peux pour regarder autour de moi dans la cabine. Elle est raffinée et bien formée avec des panneaux minces et des affichages numériques. C'est la première fois que je suis face à ce genre de choses ; les Ocretians gardent les esclaves humains aussi loin que possible de toute technologie pour conserver notre ignorance et nous rendre inaptes à nous armer. Mais même moi, je peux noter comme c'est magnifiquement disposé.

— Dites-moi comment je peux vous aider. Je suis impatiente de faire ce que je peux, je poursuis en élevant la voix.

Je pense que mon capitaine hoche brièvement la tête, mais ses yeux sont attirés vers son écran et il lit quelque chose sur son communicateur.

— C'est un bâtiment contenant des dossiers sur les esclaves identifiés comme étant B-33X sur cette carte.

Il me l'indique.

Son navigateur acquiesce sans regarder une seule fois.

— Oui, il est sans littoral et apparemment destiné à être détruit. Ils vont déplacer toutes les données dans un nouveau lieu de stockage de l'autre côté de la ville.

— On a des éléments sur les habitudes locales et leur manière de s'habiller ?

— C'est le problème. Il n'y a aucun Zandian sur la planète.

Ils ricanent tous les deux, mais ils ont l'air tendus.

Mon capitaine fronce les sourcils.

— Il semblerait que les seuls êtres autorisés à pénétrer dans ce bâtiment sont soit ocretians, soit humains.

— *Bordix.* Même avec nos déguisements, ça ne sera pas facile. On a ces masques ocretians, mais ils ne sont pas parfaits. De plus, c'est une petite zone, et ils se connaissent tous. Ma meilleure prédiction est que nous avons environ soixante pour cent de chance de passer sans être détectés.

— Maître Seke veut que cette mission reste secrète. Nous devons le faire de manière à ce que ça n'éveille aucun soupçon. S'ils savent que nous avons pris ces dossiers, ou le suspectent, nous aurons des problèmes diplomatiques avec les Ocretians.

Un silence s'installe.

— Y aller de nuit avec deux de nos gardes à bord pour assurer nos arrières ? Une opération sous couverture ?

— Possible. Mais ça reste risqué.

— C'est dommage qu'on n'ait pas une combattante humaine avec nous pour entrer en tant qu'espionne. Mirelle le ferait. Ou Cambry et son frère Tal. Je pense qu'ils sont les seuls êtres qui pourraient le faire sans être démasqués.

— Mirelle est de l'autre côté de la galaxie avec ses maîtres, à deux rotations planétaires ; même avec l'hyperespace ce n'est pas possible.

— *Bordix.*

Ils se prennent la tête devant leur situation à en voir leur expression calme.

— On doit vraiment former plus d'humains pour l'espionnage, indique mon capitaine.

— Ça ne nous aide pas maintenant, remarque le navigateur.

— Moi, je peux, je propose sans réfléchir.

Ils se tournent tous les deux et me fixent, du moins le capitaine le fait. Je présume que son second pivote pour entendre ma voix plus clairement, parce qu'il est aussi face à moi.

— Comment ?

Il semble incrédule.

— C'est évident.

Je lève les mains autant que possible avec les menottes.

Aucun des deux ne paraît comprendre.

— Je suis humaine. Vous avez besoin d'un humain. Bim.

— C'est quoi un bim ?

— Bim, je veux dire que je peux espionner pour vous. Je vais entrer dans le bâtiment et récupérer ce qu'il vous faut. C'est une idée géniale.

Franchement, c'est loin de l'être. Si je me fais prendre – ce qui sera sans doute le cas – je retournerai directement avec les Ocretians et ils me puniront ou me renverront chez mon maître pour être jugée. Peut-être bien les deux.

— Laissez-moi faire. Je vais vous prouver que je suis loyale envers vous et Zandia. Que je ne vous voulais aucun mal avec cette injection.

Je tressaille en le disant, parce que la pensée que j'aurais pu assassiner un de ces êtres me rend maintenant malade. Surtout lui. Heureusement, les Zandians sont pratiquement immunisés contre ça !

— Impossible, rétorque le capitaine. Tu n'es pas entraînée. On ne t'a pas fait passer de tests. C'est trop délicat.

— Je ne l'étais pas sur Romon-3, je remarque. Pourtant, j'ai réussi à nager dans un fleuve dangereux, tué un garde ocretian, je me suis cachée et me suis faufilée dans votre vaisseau. Je pense que j'ai prouvé que je suis douée pour les trucs sournois.

Il se moque.

— Tu as eu de la chance ?

— Non.

Je me penche en avant.

— J'étais désespérée et déterminée. Féroce.

Je rive mes yeux sur les siens.

— Je ne vous laisserai pas tomber, j'ajoute.

Je ressens un élan de courage, comme quand j'étais sur Romon-3 et que je courais pour sauver ma peau. Au milieu de tout ça, il n'y avait pas de place pour la peur, seulement pour l'action. Je reviens à cet état d'esprit.

— Dites-moi quoi faire et je le ferai sans faillir.

— On va y réfléchir.

Le navigateur se penche vers moi.

— Elle ne ment pas en affirmant vouloir nous aider.

— Comment peux-tu le savoir ?

Le capitaine ne semble pas être en désaccord toutefois.

J'ai le sentiment qu'il m'a cru à l'instant où j'ai ouvert la bouche.

— Je le sens dans l'odeur qu'elle dégage. Il y a de la peur et de l'adrénaline, mais pas le pic qui vient avec les mensonges.

— On a une odeur quand on ment ?

Je suis offensée et fascinée.

— Tout le monde en a une, tout le temps, mentionne-t-il d'un ton brusque. Certains humains ont tendance à avoir un pic hormonal quand ils essaient de nous leurrer et c'est détectable, du moins pour moi. Mais ce n'est pas le sujet.

— Très bien alors. Regarde ça.

Le capitaine me montre un holo. Une carte apparaît en couleur, puis il la transforme en une représentation en 3D avec la rue et un bâtiment.

— En présumant qu'on accepte, c'est ce bâtiment. Tu entrerais par ici.

Il m'indique une porte.

— Tu vas donner tes identifiants. Ensuite, tu devras aller par là.

L'image redevient un plan de l'étage d'un énorme entrepôt.

— Au bout de ce couloir, il y a une salle pour les dossiers. Il y a un esclave humain qui y travaille avec un superviseur ocretian dans le coin. Tu vas demander les archives de tous les jeunes de la reproductrice au code 3835978 et annoncer que c'est pour ton maître. Quand tu auras les modules contenant les informations, tu les mettras dans ta cape et tu partiras. Tu reviendras au vaisseau, cachée dans les bois ici, et sans être repérée, bien sûr.

Il m'indique le point de rendez-vous.

Il m'examine.

— Est-ce que ça te semble possible ?

Mon cœur cogne dans ma poitrine.

— Oui, mon Seigneur. Je peux le faire.

— Je n'en suis pas si sûr.

Ses doutes transparaissent dans son ton.

— Vous avez dit que vos masques ont soixante pour cent de probabilité de fonctionner. Mon visage humain est authentique à 100 %.

Je souris devant ma plaisanterie, mais les deux Zandians restent impassibles.

— Je suis douée pour jouer l'esclave, parce que j'en suis une, j'ajoute sans l'ombre d'un sourire cette fois. Ce ne sera pas un personnage. Je sais comment garder la tête baissée, comment me montrer soumise aux Ocretians.

— S'ils relèvent le moindre signe louche, la mission sera un échec.

— Je n'échouerai pas, je lui promets.

Ils discutent ensemble.

— Si elle se fait prendre ?

Ils passent au Zandian et je ne comprends pas, mais leur conversation se poursuit pendant un moment.

Enfin, le capitaine vient vers moi. Il s'accroupit et me regarde dans les yeux.

— C'est risqué. Il est possible que tu n'y survives pas, mentionne-t-il avant de marquer une pause. Veux-tu toujours procéder ?

Je hoche la tête.

— Oui, mon Seigneur.

Il grimace.

— Utilise *mon Seigneur* seulement quand tu t'adresses au roi de Zandia.

— Oui, Maître.

— Alors, voici le plan. Tu vas entrer dans le bâtiment et demander les dossiers. On préfère que tu nous apportes les disques. Mais si tu ne peux pas les enlever ou si tu es compromise, on a besoin que tu télécharges les données avant qu'ils t'emmènent. Dès que tu les as, trouve un endroit discret et insère-les dans le communicateur de poignet qu'on va te fournir, un après l'autre. Tu détruiras les dossiers et l'appareil quand ils seront dans nos systèmes. Ensuite, reviens vers le vaisseau. On ne pourra peut-être pas venir te chercher si tu as des ennuis. Tu as compris ?

— Oui.

C'est affreux, mais je dois le faire. Si je ne fais pas mes preuves, je ne serai pas mieux qu'une traîtresse lorsque j'atteindrai enfin Zandia. C'est ma seule chance. De plus, c'est une façon d'aider des enfants... humains. Mon cœur me fait mal quand je pense aux jeunes de mon espèce, asservis. Ça vaut le coup au moins d'essayer.

— Alors, allons-y.

CHAPITRE HUIT

T*aisha*

— Esclave R-4389742, demande la permission d'entrer sur les ordres de son maître.

Le R est pour reproductrice, j'ai remercié notre bonne vieille Terre de ne pas en faire partie quand j'ai été assez vieille pour comprendre ce que ça signifiait. Je suis incroyablement chanceuse de ne jamais avoir été violée par mon propriétaire ni aucun des gardes.

Ma voix est calme et stable alors que je me tiens devant le bâtiment gris, pas très haut, avec le soleil chaud de cette nouvelle planète qui me brûle le dos malgré ma cape. Le nombre que j'ai donné n'est pas le code-barre de mon cou, mais un qui m'a été dicté par le capitaine Drayk. Je prie pour qu'il ne demande pas à le scanner. Et que ma peau noire n'attire pas trop l'attention. Qu'ils ne s'interrogent pas sur l'endroit où il m'aurait déjà vue avant de constater que ce n'est pas le cas.

Il s'interrompt puis le garde ouvre un pan de la porte. Je tire ma capuche un peu plus sur mon front. Je suis peut-être humaine, mais ma carnation n'est pas commune et je ne veux pas éveiller de soupçons.

— Pour quelle raison ?

Sa voix, ayant la raillerie typique des Ocretians, me donne froid dans le dos et ma respiration s'accélère. De la sueur me chatouille les sourcils.

— Je ne suis pas autorisée à questionner les motifs de mon maître, mais je demande respectueusement à exaucer ses désirs. Il a besoin des archives d'une ancienne reproductrice. Une qui a été vendue, il y a plusieurs rotations solaires.

Je baisse les yeux, en humaine obéissante, et j'essaie de paraître aussi docile que possible.

— R-4389742 ?

Il se penche en avant et se renfrogne. Il fait un mouvement pour taper quelque chose sur son appareil, mais il retrousse les lèvres de dégoût.

— Le système est en panne au cours de cette rotation planétaire pour le transfert. Le nom de ton maître ?

— Maître Ock-Len.

Je suis prise de vertiges. Ce nom a été donné aux Zandians qui ont intercepté plusieurs messages. Ock-Len est supposé être un reproducteur d'esclaves sur cette planète et il gère plus de cinq cents femelles. Avec de la chance, ce garde ne me posera pas trop de questions sur l'endroit d'où je viens.

Il sourit.

— Ah oui. Ock-Len. Il a une façon de garder les humains dans la bonne zone de conduite. Salue-le de ma part.

Je ne sais pas si je dois répondre à ça, je n'en ai certainement pas envie, j'ai l'estomac retourné. Heureusement, je n'ai pas à le faire parce qu'il me fait signe.

— Entre. Souviens-toi où est ta place et ne fais aucun mouvement inconvenant.

Les portes s'ouvrent, révélant un couloir peu éclairé me faisant penser à une crypte. La main recouverte de croûtes de l'Ocretian va se poser sur son bâton électrifié qui est juste à côté d'un taser.

Je baisse la tête et serre la mâchoire pour empêcher mes dents de claquer.

— Compris.

Quand j'entre, plusieurs Ocretians sortent avec les bras chargés de contenants transparents remplis des disques argentés. Par la Terre, et si les informations dont j'ai besoin avaient déjà été déplacées ?

— Le nouveau bâtiment... bien meilleur...

Je saisis des bribes de conversation, qui reviennent vers moi avec leur odeur quand ils passent rapidement à proximité sans me prêter la moindre attention.

— ... plus sécuritaire... des caméras de surveillances à 360 degrés.

J'accélère le pas, je suis le chemin que j'ai mémorisé, le cœur battant la chamade, si fort, que je pense qu'il pourrait lâcher. Quand j'atteins la pièce des dossiers, j'hésite avant de pousser la porte.

Elle est plus petite que je m'y attendais. Une humaine est assise derrière le comptoir et un garde est debout dans un coin, il semble s'ennuyer ferme. Il fait quelque chose sur son communicateur en bâillant.

Je m'approche de la femme, m'éclaircis la gorge.

— Esclave R-4389742 pour maître Ock-Len. Je souhaite avoir les disques BAY1 et BAY2.

Elle me regarde des pieds à la tête et elle écarquille les yeux. Son visage pâlit. Elle sait que je ne suis pas à ma place.

Oh, par la Terre, j'aurais dû me douter que je ne pourrais pas leurrer une humaine.

Elle reste bouche bée, avant de la refermer, et elle bat rapidement des cils.

— Ah, oui, bien sûr, bégaie-t-elle ensuite. Tout de suite. Veuillez patienter.

Le garde nous lance un regard et nous examine une seconde avant de retourner à son communicateur.

Elle passe derrière la paroi et s'absente longtemps. Je joue avec mes doigts, puis je me fige, parce que si j'étais une véritable esclave en mission pour mon maître, je ne devrais pas être aussi nerveuse. Je résiste à l'envie de rabattre ma cape pour masquer mon visage. Pour le moment, le garde dans le coin ne semble pas se soucier un instant de ma présence et les choses doivent rester ainsi.

Quand elle réapparaît enfin, je souffle de soulagement.

— Merci.

Ma voix est pleine d'espoir.

Elle me fait un sourire, à peine perceptible. Je relève les marques noires sous ses yeux. Les ecchymoses sur ses poignets. Mon cœur se brise et je me dis : durant l'une de ces rotations planétaires, je reviendrai et sauverai cette femme aussi.

— Ce sont des enfants. Humains, murmure-t-elle.

Elle étudie les disques avant de croiser mon regard.

J'acquiesce.

Ses doigts effleurent les miens et elle me donne le paquet argenté.

— Je te souhaite de réussir, souffle-t-elle si bas que je l'entends à peine.

Ses yeux se rivent dans les miens. Tristes, mais déterminés.

Je hoche la tête.

— Je le ferai.

Le garde nous observe à nouveau.

— Y a-t-il un problème ?

Sa voix est rocailleuse et désagréable.

— Non, Maître, je réponds. Je m'assure simplement que j'ai l'information que mon maître a demandée.

Il plisse les yeux et s'approche de moi.

— Vraiment ?

La femme recule, elle resserre ses vêtements contre elle comme si elle voulait se cacher entre les étagères.

— Je vais partir.

Je lui fais un signe de tête.

— Laisse-moi regarder.

Le ton du garde est ferme.

Je déglutis péniblement.

— Ils sont pour Maître Ock-Len. Puis-je le contacter pour avoir la permission de les partager ?

— Encore mieux. Je vais t'accompagner jusqu'à lui.

Il me sourit et rabat ma capuche.

— Je vais peut-être lui demander de m'accoupler avec toi. Je n'ai jamais vu une aussi jolie esclave, ajoute-t-il.

Mon corps me hurle de fuir, mais il a un bâton électrifié et un communicateur. Un appel, et la cavalerie répliquerait.

Alors je fais un signe de tête pour accepter.

— Je suis persuadé que tu sais où se trouve ton maître en ce moment.

Le garde me jette un regard. Je n'arrive pas à déterminer s'il a des soupçons ou s'il veut baiser, à moins que ce ne soit les deux.

— Il est...

Je réfléchis frénétiquement.

— Ah, il inspecte un terrain près de la zone boisée à l'extérieur de la ville.

Il me dévisage.

— Pourquoi serait-il là ? Ce n'est pas une région très populaire.

J'invente la première chose qui me vienne à l'esprit.

— Mon maître est... rusé. Il pense construire un nouveau centre de dressage pour les humaines avec un système de stockage pour utiliser cet espace. Il examine la terre pour voir si elle convient.

Je baisse à nouveau la tête, comme si je n'étais pas supposée le dire, mais également parce que cet Ocretian est au-dessus de moi.

— Je ne devrais pas en parler, mais je suis sûre que le maître vous ferait confiance.

Le garde grogne.

— Un nouveau complexe, hein ?

Ses yeux brillent.

— Il va vouloir des investisseurs qui peuvent rester discrets, j'en suis certain, pour éviter que le prix de la terre monte avec les enchères, enchaîne-t-il.

Je penche la tête.

J'espère seulement que si je peux conduire cet affreux Ocretian près du vaisseau où les Zandians attendent, camouflés, ils verront et comprendront ce que je fais. Et qu'ils pourront l'éliminer avant qu'il puisse donner l'alarme.

Mais je vais devoir être prudente.

— Mon maître dit que ce projet doit demeurer secret, dis-je.

— On devrait peut-être aller le rejoindre immédiatement.

Le garde m'attrape le bras et enfonce ses doigts dans ma chair au point que ses ongles me transpercent presque. Je ravale un gémissement.

— Je vais faire comme ça.

Il grogne à nouveau.

— Viens avec moi.

Il glisse son autre main sur mon sein, un geste grossier et sans honte avant de rire.

— Je suis certain que ton maître est un Ocretian raisonnable. Il va vouloir échanger quelque chose ayant de la valeur contre mon silence.

Je suis prise de vertiges quand on traverse les rues brûlantes. Aucun être ne semble nous remarquer – ce sont majoritairement des Ocretians en mouvement, et des esclaves qui passent, la tête baissée, d'un pas serein.

Alors que nous approchons de notre destination, l'activité diminue et nous sommes bientôt les seuls êtres. On pourrait croire que le bois serait accueillant, mais les arbres pourrissent à l'orée de la forêt, empoisonnés par les déversements de produits chimiques des usines ocretiannes qui encerclent la ville. En s'enfonçant plus loin dans la végétation, là où la verdure est plus en santé, il y a une clairière où le vaisseau zandian attend, camouflé.

L'Ocretian renifle l'air. Il examine les alentours.

— Ce n'est pas un endroit agréable pour construire un baraquement pour les esclaves. Où est son cortège ? Son aéroglisseur ?

Quelque chose transparaît dans sa voix.

— Réponds.

Il me secoue le bras.

Me voient-ils ? Ils regardent certainement par leurs systèmes, non ? Le navigateur aveugle pourra peut-être me repérer, moi, cette petite trace d'humanité dans cette vaste mer de merde ?

— Il a dit qu'il serait de retour ici, où c'est clair.

Je ravale de la bile.

Le garde agite son bâton.

— Montre-moi.

Je ne sais pas à quoi il pense, mais j'acquiesce.

— Oui, bien sûr.

Je me fraie un chemin à travers les herbes hautes coupantes comme des rasoirs, identiques à celles sur Romon-3. Je vomis un peu quand on passe devant tronc d'arbre pourri qui contient une piscine de liquide vert fétide dans une caverne sombre.

— On approche.

J'élève la voix.

— Je serai heureuse quand vous rencontrerez mon maître pour discuter d'un marché avec lui, j'ajoute.

Je meurs d'impatience. D'une seconde à l'autre, mes Zandians vont bondir et surpasser cet Ocretian. Ils vont me sauver.

Mais rien ne se produit.

— C'est juste devant, je promets. On le verra bientôt.

Le garde siffle et me pousse dans le dos avec son bâton. Je hurle sous la décharge électrique, qui me paralyse avec une explosion de douleur si intense que j'en perds momen-tanément la vision. Je me penche en avant, haletante, des étincelles de couleur surgissent sous mes paupières.

— Je suis fatigué de tes hésitations.

Il me frappe avec son arme sur la tempe, cette fois sans énergie, mais ça fait assez mal pour m'arracher un cri.

— Ça prend trop de temps. Où est-il ?

Il est comme un petit animal pleurant pour voir sa mère.

— Je... Je..., je commence sans pouvoir réellement parler.

Il sait que je mens.

Alors que je suis étendue sur le sol, je tâtonne à l'aveugle pour trouver les disques. Il va me violer et me tuer, ou me ramener en esclavage. Je dois télécharger les données avant que ça arrive. Au moins, je pourrai sauver des enfants.

— Leylah, pardonne-moi, je murmure.

Je me plie en deux et réussis à ramer ma cape sur mon corps. Je m'efforce frénétiquement d'insérer le premier dans le port de mon communicateur. Je me suis entraînée à bord du vaisseau et ce n'est pas difficile. En quelques secondes, j'entends le bip annonçant la fin du téléchargement.

Il en reste un.

— Relève-toi.

Le garde me tire par le col.

— Penses-tu que les humains peuvent s'allonger et se reposer quand ils le souhaitent ? renchérit-il.

Ses lèvres se retroussent en un sourire vicieux et une mousse se forme au coin de sa bouche.

— À moins que tu sois une salope qui essaie de me séduire pour obtenir une jolie récompense, comme une pièce ou un morceau de fruit ?

Je ravale mon sanglot de peur, je m'éloigne de lui, je tâche toujours de mettre la main sur le disque caché sous ma cape.

Bien tenté.

Il me frappe à nouveau la tempe avec son bâton et même sans électricité, le coup est si puissant que tout devient noir pendant un instant. Je retombe, lourdement. J'atterris sur mon poignet, celui avec le communicateur.

J'entends un craquement sourd, puis une douleur irradie le long de mon bras. Je ne peux plus le bouger.

Mais je persévère.

— S'il vous plaît, je suis désolée.

Je halète les mots, ce sont des sanglots étouffés.

— Je vous en supplie, soyez indulgent.

Alors que je suis sur le dos, j'insère le second disque dans la fente, je grimace quand le mouvement frotte mes os cassés. Je fais de mon mieux pour ne pas perdre conscience.

Avec la cape sur moi, je peux à peine respirer, mais ça m'apporte l'intimité dont j'ai besoin.

Je sens une poussée d'énergie m'envahir quand le bip résonne.

— Si tu restes seulement allongée là, il semble que je vais devoir t'essayer.

L'Ocretian me donne un coup de pied dans les côtes, je l'entends ensuite commencer à ouvrir la boucle de son pantalon.

— On verra si tu es plus obéissante une fois que tu auras servi comme le mérite les esclaves humaines.

J'appuie sur le bouton de téléchargement.

Le garde se fige.

— Attends. C'était quoi ce son ? Qu'est-ce que tu fais ?

Il arrête de jouer avec sa ceinture et se penche en avant.

— Donne-moi les disques, ordonne-t-il en haussant le ton. Portes-tu un communicateur ?

Il est complètement abasourdi par cette possibilité.

— Les esclaves humains n'en ont jamais. Où...

Il fronce les sourcils.

J'étais supposée creuser un trou et appuyer sur le bouton d'autodestruction de cet appareil particulièrement avancé, ce qui aurait déclenché un petit feu sur les objets qu'il contient avant de s'enflammer et de ne laisser que des cendres derrière lui.

Mais l'Ocretian m'attrape, il tire mes vêtements. Ses mouvements sont précipités.

S'il voit ce que je fais, il va certainement appeler des renforts et leur dire que je suis une espionne. Ils vont trouver les disques, le communicateur déchiffré et ils viendront s'en prendre à Zandia.

Je dois m'en débarrasser immédiatement.

J'active l'autodestruction sous ma cape, espérant qu'elle cachera le feu et ne me brûlera pas trop sévèrement.

Il y a un petit « pop » et une lumière vive apparaît avant que je ressente une douleur fulgurante dans mes mains. Puis, tout devient noir.

Un instant avant que je m'évanouisse, je crois entendre la voix de mon Zandian.

***

D*rayk*

Ma femelle. Ma petite humaine.

Elle a failli mourir. Je ne peux chasser l'image de Taisha en boule sur le sol pendant que l'Ocretian la violentait. Alors même que le vaisseau s'éloigne de la planète, je reste toujours en posture de combat. J'en ai des nausées. Je suis prêt à me battre.

J'aurais aimé écarteler l'Ocretian, mais c'était impossible.

— Saut en hyperespace effectué, m'informe Tarak.

Je recule un peu et me tourne.

— Compris. Je veux savoir comment va Taisha. Comment elle se porte ? je demande, tendu.

— Stable, mais inconsciente.

Mon technicien médical est devant moi dans le centre de commandes, où Tarak et moi venons tout juste de compléter notre sortie sous couverture de l'espace aérien de la planète.

Je fais un pas en avant.

— Elle est vivante ? Parle plus vite.

Il m'arrête d'un signe.

— Oui, capitaine. Elle l'est. Elle a des brûlures sur une main et l'avant-bras. Elle a aussi un poignet cassé. Nous l'avons installée dans une capsule de soin et nous lui avons posé une attelle. Son état s'améliore en ce moment même, mais elle aura besoin d'assistance médicale quand on arrivera sur Zandia.

— *Bordix.*

— Mais on a les données ! jubile mon navigateur. Et elle a détruit les preuves. On a pu quitter l'espace aérien sans être détectés.

— À l'exception de l'Ocretian qu'on a laissé mort sur la planète.

— Que vont-ils faire quand ils remarqueront sa disparition ?

Je passe une main sur mon visage.

— Puisqu'on a utilisé la toxine de notre humaine sur lui, avec de la chance, ils penseront qu'il a eu une crise cardiaque. Pourquoi se trouvait-il dans les bois, quelle excuse donneront-ils à ça ? Ils vont se poser des questions. On n'a laissé aucune preuve de notre présence.

— Finalement, c'était une mission parfaite. Aussi bonne qu'on pouvait l'espérer. Seulement un mort, avec une explication valable, et rien qui puisse nous désigner. Rien du tout.

— Sauf que Taisha a été vue sur la planète, je remarque. Si quelqu'un mentionne un être qui n'était pas à sa place, ils pourraient commencer à soupçonner quelque chose.

— C'est un risque que l'on va devoir prendre. Il est moins grand que si on y avait été nous-mêmes. Et au moins, on a les informations dont le Dr Daneth a besoin. Il pourra retrouver les enfants.

J'acquiesce.

— Ce n'est pas un succès absolu, mais il est plutôt positif.

— Elle a été courageuse.

Tarak regarde vers la baie, là où notre humaine est toujours confinée, bien que cette fois ce soit pour recevoir plus de soins médicaux.

Je hoche la tête.

— En effet. Cela a dû lui demander beaucoup de cran d'y aller en connaissant les risques.

— J'ai cru que tu allais l'ouvrir, l'Ocretian.

— Il l'aurait mérité, je siffle en serrant les poings.

Je me force à les détendre.

— Mais il était important de ne laisser aucune marque sur lui. En le tuant avec la seringue, il aura tous les symptômes d'une crise cardiaque. Des dégâts sur son corps auraient éveillé des soupçons.

— De plus, tu l'as étendu avec une main sur le torse, indique Tarak. Les Ocretians réagissent habituellement comme ça quand ils ont une douleur à la poitrine avant l'infarctus.

— Par les étoiles, j'espère qu'ils ne découvriront rien de suspect.

Mon esprit est maintenant concentré sur Taisha.

— Je vais aller rendre visite à notre humaine.

Notre technicien médical à bord, Kurtt – ou le Zandian avec le plus de connaissances dans le domaine pour être exact – a soigné et bandé les blessures de Taisha. Voir ses mains et ses bras enveloppés dans une gaze blanche me fait ressentir quelque chose d'inhabituel, forçant ma poitrine à se serrer et mon sang à bouillir. Je veux retourner sur cette planète et brûler tous les Ocretians.

Quand je me rappelle qu'elle s'est mise dans cette position pour moi, et notre mission, j'ai envie de me maudire également.

Je m'assois près d'elle sur la plateforme stationnaire où elle est étendue, les yeux fermés. Ses longs cils effleurent ses joues. Elle respire de manière régulière et le pack fixé à son bras clignote rouge et vert.

— Est-ce que ça signifie qu'elle guérit ?

Je pointe le dispositif.

— Oui.

Kurtt s'approche.

— L'os est déjà ressoudé, explique-t-il. Leur peau est fragile et brûle facilement, mais les baumes et les médicaments accélèrent la régénération des tissus avec une formule faite à partir de plantes que les humains ont créée sous la supervision du Dr Daneth. Mais ça prendra du temps, sans doute plusieurs rotations planétaires, avant qu'elle soit complètement guérie.

Je retire une de ses boucles noires de ses yeux.

— Souffre-t-elle ?

— Je lui ai administré des antidouleurs convenant à son espèce, alors je présume que non.

C'est à ce moment que Taisha relève les paupières. Elle me regarde, sans comprendre, ses traits croulent sous la panique et la peur.

En me souvenant de la dernière fois où je l'ai surprise au réveil, je lui agrippe les deux bras, au-dessus de ses bandages.

Elle lance un cri d'effarement et me combat.

— Ce n'est que moi, dis-je rapidement. C'est Drayk. Je ne te ferai pas de mal. Ne me frappe pas, tu vas aggraver tes blessures.

Elle arrive à reprendre le contrôle et me reconnaît. Son corps s'affaisse à nouveau.

— Oh par la Terre. Je suis en sécurité ? Où suis-je ?

Elle a un regain d'énergie et peine à s'asseoir. Je l'aide, je laisse ses bras pour lui soutenir les épaules.

— Tu es sur mon vaisseau. Tu as réussi. On a les données et on rentre sur Zandia.

— Mais l'Ocretian ?

Elle regarde autour d'elle, les muscles tendus comme si elle pourrait devoir s'enfuir.

— Il allait... il voulait...

Elle frissonne.

— Tu as détruit les disques et le communicateur sans qu'il puisse alerter et prévenir d'autres êtres. On l'a abattu avant qu'il...

Je me renfrogne, incapable de terminer.

Je sais ce que la bête d'Ocretian s'apprêtait à lui faire et cette pensée me tue.

Elle pose une main sur sa poitrine, ses jambes.

— Il ne m'a pas violée.

Elle semble presque surprise.

La violer ? *Bordix*. Je lui aurais arraché la queue à mains nues s'il l'avait fait.

— J'espérais que tu viendrais.

— J'aurais dû arriver plus tôt.

Ma voix est rauque et je trouve difficile de me pardonner de l'avoir laissée aussi longtemps dehors.

— Dès que je t'ai vue approcher avec lui, j'ai su qu'on devait le tuer. Je suis sorti immédiatement, mais il était presque trop tard.

Elle lève les yeux, ils sont bruns et écarquillés.

— Tu m'as sauvée. Merci.

Je détourne le regard.

— Merci à toi, ce serait plus approprié. Tu t'es mise en danger et nous avons ce dont nous avions besoin. Et, la toxine que tu as apportée sur le vaisseau ? On l'a utilisée pour neutraliser l'Ocretian.

— Bien, énonce-t-elle d'un ton féroce. Si tout se passe bien, ils vont croire qu'il a eu une crise cardiaque, comme sur Romon-3.

— On a l'avantage que ce soit la première cause de décès des Ocretians en dehors des combats, je gronde. Tu vas bien ?

Je lui prends les bras, encercle ses fins poignets de mes mains, je les touche à peine.

— Ça fait mal ?

Elle secoue la tête.

— Non.

Puis elle se penche et se blottit contre moi.

— La douleur est complètement partie. Je suis simplement très fatiguée. Je ne sais même pas ce qu'il se passe. Ma vie est comme...

Elle s'interrompt.

— Comme accélérée, poursuit-elle. J'ai l'impression d'avoir vécu dix cycles solaires dans l'espace d'une rotation planétaire. Ça va trop vite, et avec tellement d'étrangeté, je n'arrive pas à suivre. C'est un rêve.

Je l'entends, mais mon corps s'enflamme anormalement. L'avoir aussi près de moi à nouveau attise une passion en moi dont j'ignorais l'existence. Tout ce à quoi je pense est de la déshabiller et la faire crier. Goûter son doux sexe. Glisser le mien en elle...

Ma verge réagit, durcit. J'ajuste ma position pour qu'elle ne le remarque pas. *Bordix*, je n'ai jamais eu ce genre de comportement avec une femelle auparavant.

J'aurais dû quitter la baie et éviter toute tentation. Mais je la serre plus près de moi.

— Tu es en sécurité maintenant. Aucun Ocretian ne

peut t'atteindre sur mon vaisseau.

Elle hoche la tête, mais elle murmure.

— Ils sont déjà là, par contre. Ici, précise-t-elle en pointant son front. Je sais que ce n'est pas pareil, mais...

Elle ne termine pas sa phrase.

— Je suis reconnaissante d'être sur ce vaisseau. Et heureuse d'avoir pu vous aider. Alors, vous allez pouvoir retrouver les enfants ?

— On n'en a aucune idée. Les disques nous indiquent seulement leur dernière localisation.

— J'espère qu'on pourra les sauver. Tu vas le faire, hein ?

Elle me regarde à nouveau et cette fois son visage est plus chaleureux, ses yeux brillants.

Je hoche la tête.

— C'est mon intention.

Elle acquiesce.

— Bien. Leylah avait raison sur votre espèce.

Je ne sais pas quoi répondre, d'autant plus que mon sexe est dur comme un roc parce que ses lèvres semblent si douces et succulentes. Je les imagine se refermer sur moi. Alors qu'elle est à genoux.

Je la regarde dans les yeux encore une fois et c'est à nouveau là – cette connexion, comme un lien d'acier qui nous tire l'un vers l'autre.

Nos bouches se touchent et je recule.

— Je ne peux pas.

Mon ton est plus dur que j'en ai l'intention.

— S'il vous plaît. Ça m'aiderait à me sentir mieux.

Son intonation me tue.

— Je ne peux pas profiter de toi.

— Si tu te souviens bien, c'est moi qui ai eu le premier avantage. J'aimerais te rendre la pareille. Sa voix est joueuse, puis elle fait ce que j'avais en tête, par les étoiles ! Elle se met lentement à genoux.

— Mes mains ne sont pas douloureuses, mais tu peux peut-être m'aider avec ça ?

Elle tapote ma ceinture.

J'ai écarté les jambes sans m'en rendre compte et elle s'est rapprochée.

Dans un état de transe, je porte mes doigts à ma braguette, la défais et ouvre mon pantalon. Mon sexe jaillit, dur et fort, palpitant de désir.

— Dis-moi comment tu aimes que je le fasse, murmure-t-elle avant de baisser les yeux et de refermer ses lèvres sur moi.

Je gémis de plaisir et je jette ma tête en arrière, les yeux fermés.

— *Bordix*, Taisha, non.

Mais je n'interviens pas pour l'arrêter. En fait, mes doigts se glissent dans ses superbes boucles noires. Je tire et elle susurre son assentiment, comme si elle appréciait, alors je recommence.

— Tu es blessée et je ne peux pas...

Je ne parviens pas à prononcer plus de mots avant qu'elle me lèche d'une façon qui les fait tous fuir.

— *Bordix*, oui, comme ça. Exactement.

Je m'abandonne au plaisir. Elle n'a pas d'expérience, mais elle est enthousiaste. Je la guide en lui agrippant les cheveux, appuyant sa tête vers le bas et la laissant remonter.

En un rien de temps, je suis si dur que ça en est presque douloureux. L'envie de la déshabiller, de lui donner la fessée et de la faire mienne sauvagement est irrésistible. Me déverser dans sa bouche serait la meilleure seconde option, mais je l'avertis :

— Taisha, si tu ne t'arrêtes pas, je vais jouir.

Elle suce plus fort, et elle passe sa langue au sommet de mon gland avant de le reprendre et je me laisse aller. Je crie, le son est guttural et rauque. Je serre les poings sur ses boucles et tout mon corps se raidit quand j'explose de plaisir d'une force qui me propulse vers les étoiles. Sa petite bouche est accueillante, sa gorge étroite. Elle avale ce que je lui déverse jusqu'à ce que mon sperme arc-en-ciel coule aux commissures de ses lèvres.

Épuisé, je m'allonge avant de me redresser. Je la prends dans mes bras et la place à mes côtés en faisant attention à ses bandages. Je grogne en fermant les yeux, tout en la serrant contre moi. Elle est chaude. Elle a l'odeur de mon sexe et de sa propre excitation. Si elle était mienne, je lui donnerais la fessée pour avoir eu de l'initiative (même si j'ai adoré) et je jouerais sans merci avec elle jusqu'à la laisser jouir. Sans relâche.

J'attrape son tube de fluide, au cas où elle en aurait besoin, mais elle s'essuie le visage et elle fixe sa main, incrédule.

— Ça a les couleurs de l'arc-en-ciel !

Elle tourne son poignet dans tous les sens et mon sperme étincelle sous la lumière.

— Je n'ai jamais... C'est comme ça pour tous les mâles ?

Elle lève les yeux vers moi. Elle sourit.

Je ne peux m'empêcher de lui rendre.

— Seulement chez les Zandians.

— C'était ma première fois.

Je prends un linge et lui essuie le visage. Puis je lui touche les lèvres.

— Et merci. Pour une première fois, c'était incroyable.

Mais je me corrige.

— C'était incroyable, point. Je, ah...

Mais nous avoisinons déjà l'espace aérien de Zandia, parce que les communications sonnent.

— Capitaine ? Nous sommes en approche.

J'appuie sur mon bouton.

— Affirmatif. J'arrive dans une minute.

Je me lève, rajuste mon pantalon et mes vêtements.

— Un membre de l'équipage va venir te préparer pour l'atterrissage. S'il te plaît, réorganise ta tenue.

Je montre ses cheveux en bataille et mon sperme sur sa peau.

— Quand on se sera posés, on t'amènera au centre médical pour guérir.

— Ensuite, j'aurai quelque chose à faire.

Elle lève ses menottes.

— Je dois parler à l'humaine Lamira dès que possible.

Je recule, stupéfait. C'est complètement inattendu. Entendre ce nom sur ses lèvres est comme coup en combat.

— Qui ?

Mon ton est froid. Elle pâlit et se dresse.

— Lamira. Je dois la voir immédiatement. C'est important.

— Premièrement, qu'est-ce qui te pousse à croire qu'il y a une humaine appelée Lamira sur Zandia ? Et que peux-tu bien lui vouloir ?

J'ai des frissons dans le dos.

Bordix. Elle connaît le nom de la compagne du roi et actuelle reine de Zandia. Comment a-t-elle pu avoir cette information ?

De nouvelles inquiétudes grandissent. Est-il envisageable qu'elle soit une espionne ou une taupe, même contre sa volonté, pour faire quelque chose d'infâme afin d'éviter des conséquences sur ses amies esclaves sur Romon-3 ?

Je plisse les yeux en la regardant. Ça ressemblerait aux

humains de manipuler quelqu'un avec le sexe et les émotions avant de demander l'impossible.

— Je le dois, c'est tout. Et il faut que je lui parle seule à seule.

Elle m'adresse un air suppliant, mais je suis impassible maintenant. Et en colère.

— Tu dépasses les bornes, je réplique. Premièrement, tu vas aller au centre médical et en isolement. Ensuite, tu pourras faire ta requête pour l'asile. Tu n'as aucun droit de formuler des réclamations sur ce que tu veux faire ou voir.

Elle redresse les épaules.

— Je comprends, répond-elle d'un ton raide.

Oui. Je suis un connard. La manière dont je la traite après ce qu'on a fait, c'est vraiment bas. Sauf si elle est une espionne. Une menace pour ma planète.

Je dois penser à Zandia d'abord, pas à ce qu'elle peut ressentir... Ni même mes propres sentiments.

En effet, cette humaine vient de réaliser seule une mission périlleuse sur une terre ennemie, elle a été blessée, mais elle pourrait toujours être dangereuse.

Alors, quoi faire ? J'ai baissé ma garde, je l'ai laissée me donner du plaisir oral. J'ai complètement perdu le contrôle de la situation.

Combien d'autres erreurs vais-je commettre près d'elle ?

Je dois prendre mes distances de cette femelle. Immédiatement.

CHAPITRE NEUF

D*rayk*

— Tu as vu comme ils l'ont tous regardée ?

Tarak examine un kit médical avec ses mains plus vite que je le ferais avec mes yeux, puis il le glisse dans le compartiment pour le centre de soin. On refait le plein pendant les temps morts pour se préparer à une prochaine mission.

— Qu'est-ce que tu veux dire ?

Je range du matériel dans le placard des provisions et je referme le verrou.

Il rit.

— Taisha. Quand elle est sortie du vaisseau, même avec ses bandages et sous l'effet du stress, je pense que tous les mâles Zandians sont tombés sous son charme comme ça.

Il claque des doigts.

— Je ne peux peut-être pas voir les traits ni les expressions des gens, mais j'ai des oreilles, ajoute-t-il. Je les ai tous entendus se retourner dans sa direction. Et mon transmetteur audiovisuel m'a montré comme ils se sont tous redressés. Ils se tenaient plus droits que d'habitude.

— C'est ridicule, je siffle. Ils sont simplement curieux à propos de la nouvelle.

— Ils ont raison. Une humaine comme elle, je suis certaine que le roi Zander ne lui donnera pas moins de trois compagnons. Deux, minimum.

Je fronce les sourcils.

— Le roi n'a autorisé le lien qu'avec un seul mâle dernièrement. Je ne la veux pas pour moi. Mais si jamais c'était le cas, il me serait impossible de la partager.

Il hausse les épaules.

— J'ai entendu plusieurs guerriers dire qu'ils allaient se rassembler pour la réclamer quand elle aura obtenu le droit d'asile.

— Si. Si elle le reçoit. Et ce n'est pas leur décision, non ? Je rétorque en croisant les bras. C'est celle de Zander.

Il secoue la tête.

— Si ? Elle a rendu un fier service à Zandia. Comment peux-tu encore remettre ça en question ?

Je plisse les yeux.

— Elle pourrait toujours être une espionne.

Il me lance un regard.

— Vraiment ? C'est ce que tu vas dire au roi ? C'est absurde.

Je lève les mains au ciel.

— Si je souhaite devenir juge, je dois me montrer impartial. Examiner toutes les facettes de la situation. Oui, elle a fait de grandes choses, mais elle était au pied du mur et elle en était consciente. Une bonne espionne aurait sûrement aidé aussi, seulement pour qu'on baisse notre garde.

Ce n'est pas faux. Et puisque je ne la veux pas pour moi, il est évident que je le fais pour le bien de Zandia.

— Il est toujours possible qu'elle ait des informations secrètes qu'elle ne nous a pas dévoilées. Je dois être certain qu'elle nous a tout révélé. Si elle nous cache des choses, elle n'est pas prête pour l'asile.

— C'est ton travail, pas le mien.

Il prend un autre pack et le guide dans une zone différente.

— Je te répète seulement ce que j'ai entendu, lance-t-il. Elle est déjà au cœur des conversations dans le centre d'entraînement. Les jeunes Zandians ont hâte de la rencontrer.

— Bon, je dois aller faire mon compte rendu à maître Seke et au roi Zander.

Je regarde la cabine.

— On dirait qu'on a tout remis en ordre. Je te laisse finir.

— Oui, capitaine.

Je pars et j'avance d'une centaine de pas quand je suis rejoint par un autre combattant, Bryann.

— Drayk.

Il me donne une claque sur l'épaule.

— Alors, tu as ramené une humaine.

— C'est exact. Taisha, je réponds en accélérant l'allure. On m'attend chez le roi.

— Je ne te retiens pas. Je suis seulement curieux de savoir si elle a déjà été revendiquée en tant que compagne. Mes deux amis et moi, on aimerait faire une requête si elle est disponible.

— Elle ne l'est pas, je grogne. Elle n'a pas encore reçu le droit d'asile.

— Ah, je vois, mais j'ai entendu qu'elle...

— Les rumeurs ne sont pas fiables, je remarque. Excuse-moi.

Je lève une main, penche la tête et poursuis ma route.

Bordix. Comment tout le monde peut-il déjà être sous son charme ?

C'est inacceptable. Ils ne comprennent pas qu'elle pourrait être une menace pour Zandia ?

Je dois mettre un terme à tout ça.

T *aisha*

J'ai les paumes moites. Je suis assise dans une salle d'attente dans la capitale de Zandia, sous bonne garde. Je vais voir le roi Zander, qui déterminera mon sort.

Le guerrier qui me surveille, un Zandian qui semble un peu plus jeune que Drayk, me dit de ne pas m'inquiéter, que le roi Zander est juste et bon.

Je dois le croire.

S'il a tort, Leylah m'a envoyée sur cette planète pour rien. Je n'arrive pas à imaginer qu'elle ait pu commettre une erreur pareille.

Pendant que je reste assise, mon esprit retourne vers Drayk, le valeureux capitaine. Où est-il ? Le reverrai-je ?

J'étais en colère devant son manque de confiance, mais maintenant que je patiente seule ici, j'aurais aimé qu'il soit mon gardien. J'aurais préféré qu'il m'accompagne pour ma visite auprès du roi. Je dois croire qu'il sera l'avocat de ma liberté après la façon dont je l'ai aidé avec sa mission.

Après la manière dont il m'a touchée.

Mais j'ai peut-être tort. C'est peut-être normal pour les Zandians de donner du plaisir sexuel à leur prisonnière avant de disparaître.

Par les étoiles.

Je mets mon visage entre mes mains.

Je suis tellement déstabilisée que je ne distingue plus mes pieds de ma tête.

CHAPITRE DIX

Z*ander*

Je retourne ma fille Kaylar pour qu'elle ait la tête en bas et la chatouille pendant qu'elle crie de plaisir. Son frère Zander se précipite pour en ajouter sous les regards rieurs du personnel du château.

Je la remets à l'endroit et la lance dans les airs.

Trop haut pour la tranquillité d'esprit de Lamira. Elle retient son souffle à côté de moi et s'accroche à mon bras.

J'attrape la petite et la jette sur mon épaule en souriant à ma compagne.

— Penses-tu que je la laisserais tomber ?

— Ce n'est pas parce que tu peux la faire voler dans le ciel que tu dois le faire, se plaint-elle.

Elle sourit toutefois.

— Je pourrais te lancer aussi haut. Tu veux essayer ?

Je la saisis par la taille et la soulève de terre.

Elle crie et je la repose en riant.

Un de mes gardes se racle la gorge.

— Mon Seigneur, le capitaine Drayk demande une audience.

Lamira récupère Kaylar, elle l'installe sur sa hanche avec une gracieuse facilité. La petite sourit, me tend les bras, ses grands yeux brun et violet brillent. Elle a les bouclettes cuivrées de sa mère, mais elles semblent avoir une teinte plus riche contre sa peau couleur lavande.

— Plus !

— Désolée, mon bébé. Ton père a du travail, intervient Lamira.

Je prends la main de ma compagne quand elle se retourne. Je l'attire vers moi.

— Dors en même temps que Kaylar, je lui recommande.

Ses lèvres esquissent un sourire coquin.

— Je ne pense pas que je le ferai, murmure-t-elle. Je me sens d'humeur à désobéir.

Mon sexe réagit et je dois rajuster ma tunique pour en cacher la bosse.

— Alors tu iras au lit avec les fesses rouges, petite esclave.

Je tire sur son col incrusté de bijoux.

Elle me fait un clin d'œil et s'éloigne.

— J'y compte bien.

Je la regarde quitter la Grande Salle avec nos jeunes et je m'assois sur l'estrade pour entendre le rapport de mon guerrier. J'ai déjà eu celui de mon maître d'armes, maître Seke, et je suppose que c'est pour ça que Drayk est là.

Il entre, les épaules carrées et tendues.

Oui. J'en suis sûr maintenant. Je reconnaîtrais les effets d'une femelle humaine sur un de mes combattants n'importe où.

Ils passent de machine de guerre, calmes, solides, sans émotion à des êtres violents, protecteurs et souvent submergés. Et la confusion qui accompagne ces changements peut être un défi.

— Mon Seigneur.

Drayk s'incline.

Je penche la tête.

— Félicitations pour tes missions. Je comprends qu'elles ont toutes les deux été des succès.

Sa peau prend une teinte plus foncée.

— Merci, mon Seigneur.

Il se racle la gorge. J'attends. Je le laisse chercher ses mots.

— Vous savez pour, euh, la femelle humaine ?

J'acquiesce lentement.

— Oui.

Celle de la vision de Lamira. Celle avec qui vont commencer nos ennuis diplomatiques avec les Ocretians.

— Je suis, euh, ici pour discuter de son avenir.

Je garde mon visage impassible.

— Je t'écoute.

Il fait basculer son poids d'un pied à l'autre.

— Avez-vous besoin d'informations de ma part, mon Seigneur, pour déterminer si vous lui accorderez l'asile ?

— Oui, capitaine. Quel est ton point de vue ?

Il bombe le torse.

— Elle a risqué sa vie sur Fonquin pour nous aider dans notre mission. Mais elle m'a aussi agressé quand on l'a trouvée. Elle transportait un poison létal pour les Ocretians.

— C'est ce que j'ai entendu.

Sa déposition est inattendue. Je pensais qu'il plaiderait pour elle. Il semble avoir des réserves sur sa loyauté.

— Je crois que nous devrions la mettre en détention provisoire pour l'observer plus longtemps, mon Seigneur. Avant de faire un choix définitif.

Ah. J'ai du mal à masquer mon sourire.

Maintenant, je comprends mieux. Il devrait seulement me demander de la prendre pour compagne s'il le souhaitait. Je suppose qu'il n'est pas sûr de ce qu'il veut.

— Tu en assumerais toute la responsabilité ?

Il s'incline.

— Oui, mon Seigneur.

— Tu seras lié à elle en tant que gardien. Tu la corrigeras si nécessaire.

Je vois ses pupilles se dilater à l'idée de la punir. Il est sans aucun doute sous le charme de cette femelle.

Il déglutit avec un effort évident.

— Je le ferai.

— Et bien sûr, tu seras juste et équitable avec elle ? Tu reconnaîtras que les humaines sont des créatures sensibles qui exigent une main ferme et un soutien émotionnel qui peut être étrange pour toi.

Une rougeur apparaît sur son cou.

— Oui, mon Seigneur.

— Je vais considérer ta requête alors. Après avoir rencontré la femelle.

Des inquiétudes transparaissent sur les traits de Drayk avant qu'il puisse les masquer. Il s'incline.

— Bien sûr. Merci.

— S'il te plaît, fais-la entrer, je murmure.

Il hoche la tête et sort.

Dès qu'il est parti, je ris sous cape devant les changements chez lui.

Simplement parce qu'ils me sont bien trop familiers.

T*aisha*

— T*aisha*, tu peux approcher.

Je hoche la tête et j'avance. Une goutte de sueur tombe sur mon sourcil. Je l'essuie discrètement avec mon bras gauche, séchant mon front avec mon bandage.

— Merci.

Le roi a les yeux les plus intelligents et perspicaces que j'ai vus à l'exception de ceux de Leylah, et je ne peux le regarder sans me sentir complètement impuissante. Il est entouré par un groupe de Zandians, portant tous une vilaine dague à la taille brillant sous la faible lumière.

— Tu t'es échappée de Romon-3 sans être détectée et tu as poignardé un capitaine de vaisseau zandian avec un nouveau poison destiné aux Ocretians.

Je hoche la tête.

— C'était une erreur. Je ne voulais pas faire de mal aux Zandians. J'étais en plein délire et j'ai frappé en pensant que c'était un ennemi.

— Je pourrais en douter, peut-être, sauf que tu as prouvé ta loyauté avec la mission de récupération des disques. C'était courageux et généreux. Et je te remercie, pour moi, ma compagne et Zandia.

Il incline la tête. Je rougis.

— Je... je ne sais pas quoi dire. De rien ?

Je me mords la lèvre.

— J'aimerais demander l'asile ? j'ajoute.

Ce n'est pas une question, mais je suis tellement confuse, j'ignore comment agir ou quoi dire. Depuis que Drayk m'a laissée sur le vaisseau après que je lui ai procuré du plaisir, tout s'est enchaîné. Une fois sur Zandia, j'ai été emmenée à l'isolement médical pour plus de soins et des interrogatoires. On m'a dit que je pourrais adresser une requête au roi quand j'irai mieux.

Apparemment, c'est pour cette rotation planétaire.

J'ai des papillons dans le ventre. Je devrais être excitée, mais je ne pense qu'à Drayk. Pourquoi il n'est jamais venu me voir dans l'aire médicale ? Pourquoi il était si froid avec moi après avoir été si intime ? Pourquoi semble-t-il si attentionné un instant et distant celui d'après ?

La pièce chancelle et je prends une grande inspiration pour combattre mes étourdissements.

— S'il vous plaît, ne me renvoyez pas chez les Ocretians. Ils me tueront et ils feront du mal à de nombreux autres humains. Pour le moment, ils ne savent pas que je suis partie.

Enfin, pour la plupart.

Le roi me regarde.

— J'espère que c'est vrai. Au cours d'une rotation planétaire, ils pourraient découvrir ce qu'il s'est réellement passé.

Je hoche la tête. Par la Terre, je souhaite que ce ne soit pas le cas.

— J'ai discuté de ton dossier avec mes conseillers. Nous t'octroyons un asile temporaire, provisoire. Nous nous fierons à ton comportement durant les prochains cycles lunaires. Si tu réussis, tu pourras rester définitivement.

— Merci.

Je prononce les mots automatiquement avant de saisir le terme « temporaire ».

— Excusez-moi ? Quoi ? Comment ça fonctionne ? Mon Seigneur, je lance rapidement en penchant la tête. Je suis reconnaissante, mais je ne comprends pas.

— Tu auras un gardien pendant cette période. Un qui

observera ta conduite et te corrigera si nécessaire, explique-t-il en insistant sur la seconde partie.

Il lève un sourcil. Je crois apercevoir l'esquisse d'un sourire apparaître sur son visage, mais je ne peux me concentrer sur son expression parce que je ne parviens à penser qu'à la punition que m'a administrée Drayk. C'était intime et chargé d'émotions. Je ne peux imaginer accepter ça d'un autre être. Je détesterais qu'un maître différent me touche de cette manière.

— Ton gardien judiciaire fera un rapport à la fin de ta période de probation et déterminera si tu es admise pour l'asile ou pas.

— Je... comprends.

Ce n'est pas le cas.

— Est-ce que je suis supposée, euh..., je commence

J'agite une main, j'ai des vertiges.

— Est-ce...

Je roi lève un sourcil avec sévérité.

— C'est une relation de maître à élève, c'est tout.

— Puis-je demander qui sera...

Je ne termine pas ma phrase en le voyant avancer.

Drayk.

Mon soulagement est rapidement suivi par du désir. Une lente pulsation s'éveille entre mes jambes en me souvenant de la manière dont il m'a touchée, là. La façon dont il m'a déshabillée pour me donner sa punition.

— Capitaine. Je...

Je rougis en parlant. Mes mamelons durcissent.

Je ne parviens pas à en dire plus.

Le roi Zander fait un signe de tête à Drayk.

— Le capitaine Drayk sera ton gardien pendant les trois prochains cycles lunaires, ensuite ta requête sera évaluée.

Ce sera en fonction de ton apprentissage des usages sur Zandia et ton acclimatation à notre planète.

Il me regarde et ses yeux, bien que sévères, ne sont pas méchants.

— Bienvenue, Taisha.

Je me demande si je devrais solliciter une audience auprès de Lamira tout de suite – après tout, Leylah semblait indiquer que c'était urgent, mais vu la réaction de Drayk sur le vaisseau, je décide d'attendre. Il est évident que ce dernier se méfie de moi, mais quand il aura appris à me connaître et que je lui aurai expliqué pour le don de Leylah, il comprendra. Je le sais, tout simplement.

— Assure-toi d'obéir au capitaine Drayk.

Le roi Zander me transperce du regard.

— Oui, mon Seigneur. Je le ferai, j'acquiesce rapidement en jetant un œil à l'imposant Zandian avec ses muscles ondulant sous son uniforme impeccablement blanc.

Je le ferai sans aucun doute. Mes fesses se serrent en imaginant les punitions. Et ce n'est pas une pensée désagréable.

— Si tu réussis ta période probatoire, tu seras éligible à te trouver des compagnons, indique le roi Zander comme si c'était la chose la plus normale au monde. Mais jusque-là, tu n'encourageras aucune proposition.

Derrière son dos, je vois deux guerriers zandians me jeter des regards enthousiastes, comme on pourrait apprécier du bétail ou des légumes sur un étal. Je détourne rapidement les yeux, seulement pour croiser le même genre d'expression.

Drayk se rapproche et gronde. Mon corps réagit contre ma volonté et mes mamelons durcissent uniquement en sa présence. Par la Terre, l'attraction est toujours là, plus forte que jamais. Puis je remarque deux autres Zandians murmurer en me montrant de la tête, comme s'ils voulaient me prendre sur-le-champ.

J'inspire et me raccroche à Drayk. La pièce commence à tourner. Mon cœur bat la chamade. Je sais que ce sont des Zandians et qu'ils me contemplent avec admiration, mais je suis habituée à la nécessité de cacher mon visage et ma peau pour éviter d'attirer l'attention des Ocretians.

Ici, avec ma robe blanche flottante et sans manches, mes formes soulignées par la soie diaphane, mes boucles brillant sous le soleil, je suis à la vue de tous, et j'ai l'impression d'être l'étoile au centre du système.

C'est trop.

— S'il te plaît ?

Je regarde Drayk.

Il semble comprendre et il me prend dans ses bras avant que je m'évanouisse.

— Écartez-vous, lance-t-il. Je dois emmener ma pupille dans ses quartiers.

Les Zandians le laissent passer sans effort.

CHAPITRE ONZE

D*rayk*

— C'est chez moi. Et chez toi, pour la durée de ta période probatoire.

Je repousse la culpabilité que je ressens en insistant sur la temporalité. Je me dis que ce n'est pas pour des raisons égoïstes. C'est pour le bien de Zandia.

Oui, bien sûr. Et celui de mon sexe.

Je ne devrais pas me soucier de ce qu'elle pense – elle devrait être heureuse d'être ici, point. Pourtant, je suis récompensé quand elle sourit.

— C'est tellement confortable.

Elle tend la main vers un coussin de ma couchette stationnaire, le lit ovoïdal de ma chambre, avant de la retirer.

— Je peux toucher... les choses ?

Elle ne réalise pas qu'elle n'est plus esclave. Elle ne comprend pas comment ça fonctionne sur Zandia.

Et je suis un connard de ne pas envisager de clarifier la

situation. J'adore quand elle m'appelle maître. Cette pointe de soumission dans ses yeux.

— Tu peux toucher tout ce que tu veux.

Ma voix est plus basse que je m'y attendais et mon visage plus chaleureux, je pense à ce qu'elle a fait sur le vaisseau. La manière dont elle s'est occupée de moi et m'a fait exploser de passion.

Je m'éclaircis la gorge.

— Enfin les tissus, les textures, bien sûr. Et il y a de la nourriture que les humains apprécient, d'après ce que j'ai compris.

Je recule et lui indique les réserves.

— Tu peux fouiller dans les postes nutritifs selon ton bon plaisir. Une part du protocole ici est de prendre trois repas par rotation planétaire, c'est ce qui est considéré comme le plus sain pour ton espèce...

Elle commence à rire, un son délicieux. Comme des clochettes ou de l'eau.

Je la fixe, enchanté.

— J'ai dit quelque chose de drôle ?

Elle s'arrête immédiatement.

— C'est seulement que... je dois manger trois fois par rotation planétaire comme si c'était une corvée. Est-ce que tu comprends combien les autres humaines aimeraient ça...

Elle laisse la phrase en suspens et son sourire s'efface. Son regard devient distant et elle contemple la fenêtre, mais je parierais n'importe quelle quantité de steins qu'elle ne voit pas le centre-ville animé ou les véhicules volants qui passent.

Elle revient vers moi avec une mine sombre.

— J'apprécie la chance de manger trois repas par rotation planétaire, dit-elle formellement. Ce ne sera absolument pas un problème.

Je m'approche et lui touche le bras.

— Tu n'auras jamais faim ici, petite humaine.

Elle relève la tête vers moi et l'air crépite entre nous. Je romps le contact et recule en m'éclaircissant la voix.

— Tu vas suivre toutes les règles que je vais établir. Tu vas te lever et aller dormir aux heures que je te dicterai. Tu m'accompagneras en ville pour des visites et pour apprendre à te comporter en public. Quand tu auras prouvé ta valeur, tu gagneras plus de libertés pour interagir avec d'autres humains.

Elle se raidit et se détourne.

— Bien, annonce-t-elle enfin. Je peux récupérer mon sac ?

— Tu veux dire tes seringues avec le poison ? je demande en levant un sourcil. Non, tu ne peux pas. Elles sont sous la garde du Dr Daneth et des scientifiques. Ils vont travailler pour essayer de reproduire la toxine et comprendre les composants chimiques. Quand je jugerai que tu n'es pas un danger, tu pourras peut-être – je mets l'accent sur le peut-être – être autorisée à leur offrir ton aide.

Taisha

— Les autres objets qu'il contient ?

Mon pouls palpite. Qu'est-il arrivé à la pièce ? Elle était dans mon sac et maintenant elle a disparu. Je l'ai perdue. Comment Leylah pouvait-elle s'attendre à ce que je la garde sur moi avec tout ce que j'ai traversé ? Par la Terre, même si j'avais tenté de la mettre dans un des orifices de mon corps, ils l'auraient trouvée pendant un examen médical.

Leylah a disparu maintenant et je suis à des milliers d'années-lumière, mais je sais dans mes tripes que je dois faire ce qu'elle m'a demandé. C'est vital – j'ignore comment, mais je le sens. Encore une fois, je vois cette lumière, ces voix. Je ferme les yeux, me touche la tempe, mais c'est parti. Rien.

Je regarde Drayk. Il m'examine.

— Ton sac est sous ma garde. Tu pourras le récupérer si tu te comportes bien.

Le roi Zander a dit que c'était une relation seulement de maître à élève. Mais je me demande soudain ce que ça signifie pour Drayk.

Je me rapproche.

— C'est-à-dire ?

Je baisse involontairement la voix, en pensant aux délices de son corps. Du mien. Je pose mes paumes sur son large torse musclé.

Ses cornes se redressent et pointent dans ma direction. Les iris de ses yeux passent du brun à l'améthyste.

Il prend une brève inspiration.

— Taisha.

Il couvre brusquement mes mains avec les siennes.

— Je... ne peux pas. Tu as entendu ce que le roi Zander a dit. Je n'aurais pas dû profiter de toi sur le vaisseau. Je m'excuse.

Oh.

Avec un effort apparent, il rompt tout contact physique et s'éloigne de moi. Il bombe le torse.

— Je suis ton supérieur. Je suis responsable de toi.

— D'accord.

J'essaie de masquer mon humiliation, le rejet qui me blesse plus que j'aurais pu l'imaginer.

Il penche la tête.

— De plus, je crois que tu me caches toujours quelque chose. Ce que Zandia doit savoir, poursuit-il en se renfrognant. Tu dissimules quelque chose, quelque chose d'important. Jusqu'à ce que tu me dises ce que c'est, je ne pourrai pas complètement te faire confiance.

— Je vois.

Ma voix est dangereusement tremblotante.

— Je dois être impartial.

Il semble presque suppliant. Le roi Zander compte sur moi pour faire ce qui est juste pour Zandia.

Je cligne rapidement des yeux. Alors, ça ne voulait rien dire.

— Comme vous le souhaitez, Maître.

Je ne peux empêcher une pointe de mépris de transparaître dans mes paroles.

Il l'entend, lève les sourcils et se rapproche.

— Je ne vais pas supporter l'insubordination, mentionne-t-il d'un ton doux et dangereux.

Mon corps réagit à sa proximité en picotant et par une vague de chaleur. Je retiens mon souffle au souvenir de la précédente punition. L'intimité de l'acte. La manière dont elle m'avait excitée.

Je ne peux m'empêcher de le pousser à recommencer. Je veux qu'il abaisse de nouveau son masque. Voir cette faim, sentir ses mains sur moi.

— Par les étoiles, je lance en levant les yeux au ciel. Tu es sûrement une personne importante avec une évidente stature. On doit écouter tout ce que tu dis avec une intense concentration et approbation, j'en suis certaine.

C'est un jeu dangereux. Je ne désire pas réellement le mettre en colère, surtout si je souhaite prouver ma valeur.

— Taisha.

Il entre dans mon espace vital, il est si près que ma peau est baignée par sa chaleur. Il croise les bras et mon sexe se contracte devant son expression. La manière dont ses muscles ondulent.

Je le pousse un peu plus.

— Veux-tu que je m'incline ? Ou que je fasse la révérence ? S'il te plaît, apprends-moi à bien me comporter sur ta planète.

Mon ton ne pourrait pas être plus insolent.

— Ça suffit.

Il avance vite comme l'éclair et il se saisit de moi.

— Ton ton n'est pas approprié. Et je suis plus que capable de t'enseigner comment le moduler. Je dois te montrer de quelle façon ? commence-t-il avec irritation.

Mais maintenant que ses mains sont sur moi, sa voix est basse et rauque.

— Oui, je réponds désormais douce et haletante.

Nos regards se croisent. J'aime voir la teinte plus profonde que prennent ses iris pendant qu'on se fixe. Quand je lève les yeux, je remarque que ses cornes sont plus épaisses, et même si ce n'est arrivé qu'une fois, je souris en sachant exactement ce que ça signifie. Il peut prétendre ne rien ressentir pour moi, son corps révèle la vérité.

— Sans aucun doute.

Il empoigne mes cheveux et me tire doucement en arrière de manière à exposer mon cou. Il se baisse vers moi et je crois qu'il va m'embrasser là, mais il me murmure plutôt quelque chose à l'oreille.

— Tu te moques de moi ?

Une vague de chaleur s'empare de moi sachant ce qui

est sur le point de se passer. Je secoue la tête. Non. Par la Terre, je suis fascinée par ses traits, sa forte mâchoire, ses angles, ses surfaces planes. Ses lèvres. Si talentueuses.

— Tu te souviens certainement de la manière dont j'aime te punir.

Mon visage devient chaud. Je sens de l'humidité entre mes cuisses.

Il esquisse un sourire dangereux.

— Ah, alors tu n'as pas oublié. Mais tu as peut-être besoin qu'on te rappelle qui est aux commandes.

— Hmm...

Je suis perdue dans son regard. Va-t-il m'embrasser ? D'une seconde à l'autre. Il était si froid avant, mais il est évident qu'il brûle pour moi plus que jamais.

Il me fait pivoter pour que je sois face au mur, les paumes plaquées contre lui.

— Monte les fesses pour moi, Taisha.

Cette voix. Si rauque de désir.

Mon corps répond par une soumission parfaite. Je relève le bassin.

Il soulève ma jupe et tire le tissu de ma culotte pour le glisser dans la raie.

Je tourne la tête par-dessus mon épaule pour le regarder.

Son expression est féroce, comme s'il avait du mal à se contrôler.

— Face au mur ! ordonne-t-il.

Mais ses paumes sont agréables sur mes hanches et il en pose une sur mon derrière – elle est si grande qu'elle le recouvre presque entièrement. Je prends une brève inspiration en le sentant.

— Dix.

Il lève la main et la fait claquer sur les deux fesses.

— Et d'une.

Je geins et me remue sous la brûlure. Tellement bon.

— Ne bouge pas. Deux.

Il m'en donne une autre, mais cette fois, ses doigts s'attardent sur ma peau, la caresse doucement, apaisant un peu la douleur.

— Tu dois suivre mes règles et être respectueuse.

Je ravale un gémissement en sentant le frôlement. Devant ma non-réponse, il me saisit les cheveux, pas violemment, mais fermement.

— Taisha, tu m'entends ?

— Oui, Maître. Je suivrai tes règles. Être respectueuse.

— Bien. On va s'en assurer.

Il m'assène une nouvelle claque. Elle est forte et j'aime ça. Mon corps réagit, comme sur le vaisseau. Ma culotte est trempée, elle frotte contre mon bouton et me procure une friction plus que bienvenue. Je m'y complais. Par la Terre, que c'est bon. Je veux qu'il me donne la fessée et qu'il me touche au niveau de ma fente, me lèche et je souhaite qu'il...

— Aïe.

La suivante est encore plus forte. Je me trémousse le derrière, surtout parce que je tente d'ajouter plus de pression contre mon clitoris. J'ai envie de sentir ses doigts entre mes jambes, qu'ils me caressent plus fort.

— Drayk, je murmure.

Je relève mon postérieur, je réclame sa main. Il jure dans sa barbe.

— *Bordix*. C'est... trop...

Puis il me donne le reste de la fessée rapidement.

Il est haletant comme s'il était épuisé, c'est toutefois impossible. J'ai vu sa stature. Il relâche sa prise sur ma culotte, à ma grande déception.

— Ça suffit, lance-t-il d'un ton sec.

Il m'aide à me retourner. Ses cornes sont épaisses et

raides, son visage devient violet foncé. Et ses iris ! Elles brillent comme des améthystes – il n'y a plus la moindre trace de marron.

— J'espère que tu as compris la leçon.

Sa voix est toujours rauque et profonde.

Il me désire.

Désespérément.

Je peux le voir.

Je baisse les yeux vers la bosse dans son pantalon.

— Je dois sortir pour affaire.

Sans me regarder, il rassemble quelques objets avec précipitation.

— Mange un repas avant mon retour et repose-toi. Sinon...

Il laisse la phrase en suspens.

— N'essaie pas de partir parce que la maison sera verrouillée.

J'acquiesce bêtement. La pulsation de mon sexe me sonne complètement.

Puis la porte se referme derrière lui.

Mes fesses picotent d'une façon qui serait agréable s'il avait terminé ce qu'il avait commencé. Je vais vers la sortie qu'il a empruntée et pose la tête sur la paroi, les doigts entre les jambes.

Maudit sois-tu, capitaine Drayk.

Je glisse ma main dans le devant de ma culotte et j'ai un cri de surprise en sentant l'humidité entre mes cuisses. Et le gonflement de ma chair.

En me souvenant de la manière dont il m'a touchée la dernière fois, je me mets à l'œuvre, j'ondule ma paume pour caresser mon clitoris et mon entrée en même temps. Tout ce que j'ai à faire est de penser à lui.

Mon énorme géant bourru et doux. Je me demande

comment ce serait d'être réellement réclamée par lui. D'avoir sa virilité là, où sont mes doigts ?

Il ne m'en faut pas plus. J'atteins l'orgasme, mes muscles internes se tendent et palpitent alors que je suis haletante contre le seuil.

Ce n'était pas aussi satisfaisant que lorsqu'il m'avait aidée, mais ça soulage néanmoins.

— Bon, je suppose que c'est mieux comme ça, je songe à voix haute.

Le visage de Leylah flotte devant moi et je me souviens de ses paroles : ne t'abandonne jamais ou tu seras toujours asservie.

C'est certainement ce qu'elle voulait dire. Je dois rester forte et indépendante et ne pas laisser cet être s'incruster dans mon cœur. Ne pas m'inquiéter de ce qu'il pense ou ressent pour moi. Après tout, comment pourrais-je accomplir ses dernières volontés si j'agis comme une esclave sexuelle amourachée, préoccupée par les plaisirs de la chair ?

Je serre les poings, je me souviens de la sensation de la pièce contre ma peau.

— Je dois la récupérer, je murmure. J'ai une mission.

J'ai l'impression que mes os vibrent du désir de rencontrer Lamira, mais en cet instant – enfermée dans les appartements de Drayk – cela semble une tâche impossible.

J'énumère les bienfaits qui m'ont été octroyés. Je suis dans un domicile luxueux avec pour ordre de ne rien faire d'autre que manger et me reposer.

Je peux traîner et prétendre être la maîtresse pour une fois. Je vais dans les unités de stockage pour voir cette station de nutrition. Si elle contient de la nourriture que je dois avaler, alors je vais m'y mettre. Merci, Terre-Mère, pour ces petits plaisirs.

CHAPITRE DOUZE

D*rayk*

— Comment se passent les recherches ?

Je regarde le labo autour de moi, rempli d'équipements de pointe qui semblent compliqués et fragiles. Je reste loin de tout ça pour éviter d'effleurer quelque chose et tout détruire.

Le Dr Daneth avance en essuyant ses mains sur une serviette.

— Lentement.

Son ton est mesuré et sans fluctuation, mais je sens la frustration.

— L'humaine nous a donné une brève description de la façon dont la toxine a été créée.

— Et on n'a pas tous les ingrédients requis pour la reproduire, ajoute sa compagne Bayla. Ni de peau d'Ocretian ou de tissus pour tester nos échantillons.

— Ah, je dis en me frottant les tempes. Dois-je l'interroger pour vous ? Vous voulez le faire ? Elle est toujours fragile…

Mais je me renfrogne à cette idée.

— Non. Je crois qu'elle nous a raconté tout ce dont elle se souvenait. Elle n'en sait pas assez, malheureusement.

Dr Daneth secoue la tête.

— Elle affirme ne jamais l'avoir créé elle-même, précise-t-il.

— Pourquoi la vieille femme l'aurait-elle envoyée dans l'univers sans les connaissances ? *Bordix*, je m'étonne en fronçant les sourcils. C'est une perte d'informations et de vaisseau.

Le Dr Daneth saisit une fiole et la lève pour la regarder à la lumière. Le liquide est iridescent, mais il n'est pas exactement comme le fluide dans les seringues de Taisha.

— On présume que c'est par précaution – si l'humaine, Taisha, avait été capturée, elle n'aurait jamais été capable de donner la formule précise. Mais on a assez de connaissances pour travailler avec, en supposant que nous pourrons récupérer le venin et les extraits de fruits dont nous avons besoin sur Romon-3.

— Ça veut dire que nous devons y retourner ? Pour aller chercher des vipères ?

Je réfléchis immédiatement à une manière pour que ça fonctionne et je me renfrogne.

— Ce sera dangereux. Je préférerais éviter cette planète pour le moment.

— Je comprends, mais ça pourrait être nécessaire.

Je hoche la tête et appuie sur mon communicateur.

— Envoie-moi les spécificités et je vais organiser une mission.

— Je le ferai, mais on a besoin que tu te lies avec elle aussi. Si elle est à l'aise avec toi, elle pourrait se détendre et se souvenir de plus de choses sur la procédure. Et nous voulons qu'elle vienne dans le laboratoire dès que tu estimeras que c'est prudent.

Le médecin me lance un regard avant de se retourner vers sa compagne.

— L'expérience montre que les humaines qui s'attachent plus rapidement avec des Zandians et les autres de son espèce s'intègrent plus facilement et deviennent utiles pour la planète plus vite, me rappelle-t-il.

J'acquiesce, même si je sais que mon expression est certainement tendue.

— Je comprends.

— As-tu prévu de formuler une requête pour elle auprès du roi ?

La voix du médecin est douce, mais ses yeux perçants.

La prendre pour compagne.

Les mots me traversent la poitrine et plongent dans mon cœur.

Je ne me suis jamais imaginé vivre avec un être de son espèce. Les autres Zandians affirment que leur lien avec les humaines renforce leurs performances quand ils sont habitués aux changements, mais ça me semble n'être qu'une excuse. J'aime rester actif en mission, être un sage judiciaire objectif. Et elles ont tendance à rendre les Zandians émotionnels. Ça altère leur habileté à être impartial. Judicieux. C'est la partie la plus essentielle de ma vie. Cela affecterait ma carrière.

— Je suis son tuteur, rien de plus, je marmonne. Ce ne serait pas approprié, si je dois juger si elle peut habiter sur cette planète.

Je crois voir Bayla sourire avant de le cacher avec sa main. Puis elle se retourne.

— Excusez-moi, je dois vérifier ces échantillons, annonce-t-elle.

Tout en s'affairant avec ses pipettes et une lame, elle ajoute :

— Il y a eu d'autres couples sur Zandia qui ont commencé de la même manière et qui se sont transformés en autre chose. Je dis ça, je ne dis rien.

Je sens une vague de chaleur sur mon visage. Je suis persuadé qu'il a pris une teinte violet foncé. *Bordix*, ces humaines sont irritantes avec leur sensibilité aux émotions. Et leur capacité à sortir les nôtres de leur hibernation.

Je m'éclaircis la gorge.

— Peut-être, mais je suis conscient de ce qui est préférable dans ma situation. Je vais vous donner les informations quand je les aurai.

— Merci.

Le Dr Daneth a de la chance d'avoir trouvé une compagne avec qui il partage un lien aussi fort, à la fois sur le plan professionnel et personnel.

Nous ne pouvons pas tous avoir ça. Certains d'entre nous sont mieux seuls. Au moins, je connais mes limites.

<hr>

Taisha

— Tiens, ce sont des holos.

Son ton est bourru, mais ses gestes sont doux quand il me tend une pile de disques brillants et qu'il me touche le bras.

Son contact me procure des picotements, comme toujours.

— Merci.

— Ce sont des informations sur notre planète. Faits par des humains pour eux-mêmes. Il est si près que je peux voir les détails de ses yeux, comment le brun doré se marie au violet. Superbe.

— Je sais que tu t'ennuies certainement quand je ne suis pas là.

Je hoche la tête.

— Je... serais reconnaissante d'avoir quelques distractions. J'ai fouillé le centre de nutrition de fond en comble une bonne douzaine de fois, j'ai réorganisé la nourriture de cinq façons différentes et j'ai mémorisé comment tout est disposé dans ce domicile.

Je ris. Je ne mentionne pas les attaques de panique occasionnelles qui me laissent tremblante, en sueur et frissonnante. Les souvenirs quand j'étais piégée à bord de leur vaisseau, presque morte de soif.

Mais il se rapproche.

— Tes yeux sont rouges et bouffis.

Il caresse ma peau près de ma paupière.

— Qu'est-ce qui ne va pas ? Tu es malade ? s'enquiert-il.

Je baisse la tête.

— Tout va bien. Je suis reconnaissante d'être ici.

— Pleurais-tu ? murmure-t-il. Taisha ?

Il me touche le menton.

— Réponds-moi.

Sa voix n'est ni cruelle ni dure.

— Qu'est-ce qu'il se passe ?

Il semble... inquiet.

— Ce n'est rien. Je te le promets, je suis prête à visiter Zandia. Je ne ferai rien de mal, Maître.

Je meurs d'envie de sortir de cette pièce. Je peux voir une portion de la ville par la fenêtre, là où je me tiens la majeure partie des rotations planétaires, du moins, jusqu'à ce que viennent les attaques de panique. Quand elles surviennent, je me tapis dans un coin, je pleure et serre mes genoux jusqu'à ce que la terreur passe.

— J'ai entendu que les humains ont... des déclencheurs émotionnels avec leurs mauvais souvenirs. Le stress post-traumatique.

Il donne l'impression de ressentir les mots, sans savoir de quoi il parle.

Je glousse, même si ce n'est pas drôle.

— On peut dire ça. Des moments de panique abjecte.

Comment certaines personnes parviennent-elles à les surpasser, ça me dépasse.

Je suis consciente qu'il vaut mieux ne pas demander de l'aide. Il a été clair : il est ici pour être mon gardien, m'évaluer. Rien de plus. Il a peut-être une attirance physique pour moi, mais il la combat également. Il ne se soucie pas de moi d'une manière particulière. De plus, je dois rester forte, comme Leylah l'a exigé. Seule.

— Bayla a dit...

Il s'interrompt.

— Les humains s'acclimatent mieux quand ils sont avec d'autres, explique-t-il avec plus d'assurance. Je vais t'emmener pour que tu puisses la rencontrer, elle et le Dr Daneth au laboratoire. Ils ont demandé ton aide.

Je me redresse immédiatement.

— Vraiment ? Oh, merci. J'adorerais ça, je m'exclame avec gratitude. S'il vous plaît, j'en ai réellement envie.

Je ne voulais pas supplier, mais maintenant qu'il l'a mentionné, je reconnais combien j'ai besoin de compagnie... et de distractions.

— Je suis désolé de ne pas l'avoir fait plus tôt.

Il s'assoit dans un fauteuil stationnaire et me regarde une seconde.

Je ne suis pas habituée à l'entendre s'excuser. Je ne réponds pas, parce que j'ignore quoi dire.

— Alors, parle-moi de ta planète. Dis-m'en plus sur... ta vie. Viens là.

Il pose la main sur ses genoux. Je jette un œil à ses jambes, ces muscles. Je détourne le regard de ce qui se trouve entre elles.

— Romon-3 n'est pas réellement mon monde d'origine. Mais vous voulez savoir quoi ?

— N'importe quoi ?

Il ne semble pas sûr lui-même.

Il essaie sans doute de me soutirer des informations. Je lui donnerais bien entendu plus d'éléments de la formule si je parvenais à me remémorer quelque chose d'utile.

— Au cours de la rotation planétaire, avant que je me cache sur votre vaisseau, j'ai tué un serpent pour le sérum, je lui raconte en fermant les paupières pour me souvenir des détails. Je lui ai coupé la tête avec une faux, un seul coup. Je suis douée pour ça. Et ensuite... Il s'est passé quelque chose.

J'ouvre les yeux et les lève vers lui, j'examine son visage.

— De mémorable.

Je ne sais pas si je devrais lui expliquer pour le sauvetage du jeune, mais pour le moment, son regard est plein de bonté. Patient. Comme s'il me faisait confiance. Et par la Terre, peut-être qu'en parler fera cesser les cauchemars.

— J'aimerais entendre l'histoire.

Son ton est doux et persuasif. Il semble intéressé. Comme s'il voulait réellement apprendre à me connaître. C'est agréable d'avoir un autre être qui me traite de cette manière, j'ai l'impression de mériter toute son attention.

— D'accord. Alors Rannah et moi on se trouvait sur le bord du fleuve, là où le débit est fort et dangereux, juste avant les chutes.

— Pourquoi ?

Drayk cligne les yeux. J'aime la façon dont les rayons du soleil passant par la fenêtre illuminent ses iris.

Je souris brièvement, seulement parce que j'apprécie son visage. Puis je redeviens sérieuse, je reviens à mon histoire.

— On suivait un chemin pour un nouveau canal pour les champs. Le maître nous demandait de faire les premiers relevés et de commencer le travail à la main. Il dit que ça nous garde à notre place.

Je ris sans joie.

— Le maître était sur le site quand j'ai tué le serpent, mais il ne l'a pas remarqué parce qu'il était occupé avec un visiteur. Son fils veillait par contre. Il semblait fasciné par moi. Et franchement, j'étais aussi curieuse à son égard. Il est... différent.

— De quelle manière ?

Drayk se penche en avant. Les muscles de ses cuisses bougent quand il change de position et j'essaie de ne pas le fixer.

— Il n'a pas les yeux habituels des Ocretians. Leur couleur et ses expressions. Et leur comportement non plus. Plusieurs jeunes viennent nous voir et se vantent qu'ils nous posséderont une de ces rotations planétaires. Ils se moquent de nous. Celui-là semblait seulement curieux. Innocent, même.

Je me tords les doigts en parlant.

— Ça n'avait pas d'importance pour Rannah. Elle m'a dit...

Je crois que je peux répéter ses paroles exactes parce qu'elles sont gravées dans ma tête.

— Elle a dit : « C'est son fils. J'aimerais le tuer comme tu l'as fait pour le serpent. Pas aussi proprement par contre. Je prendrais mon temps avec les tendons de son cou. Je plongerais ma lame lentement. Pour l'entendre crier d'abord. Supplier. »

Maintenant, je ne pense plus aux muscles puissants de Drayk. Je me revois là-bas, je ressens à nouveau cette terreur et cette colère.

Je ferme les yeux une seconde et soudain Drayk se trouve à mes côtés sur le fauteuil, si près que je peux sentir la chaleur de son corps. Il m'attire contre lui et me prend la main.

— On ne pourrait pas te juger pour avoir eu de telles pensées.

Drayk me serre la main.

— Être asservie et torturée, être traitée comme si on pouvait te posséder. Ce serait normal de vouloir tuer la prochaine génération de cruauté.

Je hoche la tête. L'avoir si près de moi me calme, comme s'il pouvait me protéger.

— Une partie de moi était d'accord avec elle. Mais on n'en a pas parlé, parce que le maître a fait venir son visiteur près de nous. Et il...

Je frissonne, j'ai soudain froid.

— Il...

Ma voix craque.

— Il me voulait.

— C'est-à-dire ?

La main de Drayk se serre sur la mienne.

— Il a dit que ma peau brun foncé était superbe, sans tache. Pure. Qu'il pourrait me vendre plusieurs steins en tant qu'esclave sexuelle. Qu'il aimerait avoir une humaine comme moi chez lui pour son usage personnel. Par la Terre, il était abominable. Cette peau verte, ses yeux chassieux et pleins de muqueuses. Il sentait la décadence et la mort.

Je déglutis péniblement.

— Et je devais rester là et paraître agréable et détachée, comme s'ils parlaient du temps qu'il fait. Et pas de mon existence.

***

D*rayk*

Je suis prêt à assassiner tous les Ocretians en entendant ça. Ma petite humaine, presque vendue pour servir d'esclave sexuelle à ce monstre ?

— Ils méritent tous de pourrir, je marmonne. Un jour, si les étoiles le veulent, on changera ça.

Taisha se blottit contre moi.

— Je l'espère.

— Tu préfères arrêter cette conversation ? je lui demande, en lui inclinant le menton pour la regarder dans les yeux.

Je ne souhaite pas la contrarier. J'ai envie d'entendre le reste, mais mon besoin de la protéger monte en flèche.

Elle secoue la tête.

— Parfois, le seul moyen de combattre ses démons est d'en parler. Ça aide. Si tu continues de me tenir contre toi.

Sa voix est plus basse.

— J'aime bien, précise-t-elle.

Moi aussi... Plus que je le devrais. Je suis conscient que mon corps réagit comme si elle était sur mes genoux pour du plaisir et pas pour une discussion difficile.

Je repousse mon excitation pour me concentrer sur ses mots.

— Je veux t'aider.

C'est réellement le cas. Je souhaite avoir le pouvoir de réparer ses blessures, la rendre heureuse.

— Ils me traitaient comme... une chose. J'étais une possession, rien d'autre.

Elle serre le poing.

— Tu sais à quel point c'est affreux ? poursuit-elle en s'essuyant les yeux. Il n'y a rien de pire dans la galaxie, j'en suis persuadée.

— Tu ne le seras plus jamais, je lui promets. Je ne laisserai pas faire.

Sauf que je le fais en quelque sorte en la gardant en détention sans mandat. Mais je suis différent, je me dis, en repoussant ma culpabilité. Sa vie est bien meilleure ici. Ce n'est pas du tout la même chose.

— Alors, après ils sont partis, le maître et son visiteur. Le fils est resté, il continuait à nous examiner, debout près du fleuve.

Elle prend une inspiration.

— C'est à ce moment-là que c'est arrivé.

— La chose importante ?

Je garde mon ton léger, pour qu'elle ne s'arrête pas de parler.

— Oui. Le jeune Ocretian est tombé dans l'eau et a commencé à se noyer.

Elle fixe l'autre côté de la pièce.

— Ils ne nagent pas bien. Même nous, les humains, on a du mal dans ce fleuve. Le courant est trop fort. Il n'avait aucune chance.

— Qu'as-tu fait ?

Je suis captivé.

— Rannah et moi on s'est précipitées vers la berge. On pouvait à peine s'entendre avec le bruit des rapides et de la chute. Elle a approché sa bouche de mon oreille et a murmuré qu'elle désirait le regarder se noyer.

— Et toi ?

— J'ai dit que ce n'était qu'un gamin. Rannah s'est mise en colère. Elle a rétorqué que nous avions été des enfants aussi. Que les petits grandissent pour devenir des monstres si on les laisse faire. Elle voulait profiter du moment. Elle a juré que sa mort serait le seul plaisir de son existence.

— Hmm.

J'aime cette Rannah, pour être franc. Elle semble féroce. Dédiée à sa cause.

— Mais il m'a regardée, Drayk.

Il y a quelque chose d'autre dans sa voix, comme si elle avait senti mon approbation envers Rannah juste à la manière dont j'ai réagi. J'ai l'impression qu'elle souhaite me convaincre de quelque chose.

— Il me donnait le sentiment d'être importante. De compter. Et il y avait de l'espoir dans ses yeux. Je l'ai vu articuler « aide-moi », « s'il te plaît ». Alors… J'ai retiré mes bottes. Et j'ai sauté. Je l'ai ramené sur la plage, j'ai appuyé sur sa poitrine et… il a survécu. Il a recraché de l'eau un bon moment, il a haleté, mais il vit.

Taisha s'arrête brusquement de parler et son corps se raidit dans mes bras. Elle commence soudainement à sangloter.

— Je devais le faire, murmure-t-elle en tremblant. Les autres humains me détestent, mais je le devais.

Elle me regarde, les yeux trempés.

— Parce qu'il n'était pas méchant. Il restait une chance. Vous comprenez ?

J'ai l'impression que ce que je vais dire ensuite est la seule chose ayant de l'importance.

Je lui prends le menton et parle sans réfléchir.

— Oui. Et tu avais raison.

Je crois toujours que Rannah a ce qu'il faut pour enflammer une armée, même si elle est peut-être un peu trop zélée. Mais Taisha a le don de paix, une aptitude à se retenir pour mon verdict. Elle fait ses choix sans s'appuyer sur sa colère. En tant que juge, je comprends que c'est tout aussi important pour notre survie.

Elle ferme les yeux et s'effondre dans mes bras, et je sais, sans qu'elle le mentionne, que j'ai réussi une sorte de test. Quand elle poursuit son histoire – même si c'est difficile à entendre –, je sens qu'elle le fait avec une plus grande confiance. Comme si elle était consciente que je ne porterais pas de jugement.

— Il nous a demandé de ne pas dire à son père ni aucun Ocretian ce qu'il venait de se passer. Puis il s'est levé. Il m'a fait un signe de la main signifiant le respect, un que les Ocretians ne font qu'entre eux.

Elle penche la tête.

— Il aurait pu avoir de sérieux ennuis pour l'avoir fait, même si je lui avais sauvé la vie. Il n'est pas destiné aux esclaves. Nos existences ne sont pas assez importantes.

Je grogne et la serre plus fort.

Taisha pousse un long soupir tremblotant.

— Drayk, j'aurais pu le laisser se noyer. Mais je ne l'ai pas fait. C'est en moi aussi, une chose plus légère avec d'autres, beaucoup plus lourdes et laides.

Elle lève les yeux vers moi.

— Et je n'en suis pas désolée. Parce que si tuer est notre seul plaisir dans la vie, alors on est déjà morts.

T*aisha*

Je tremble quand je termine mon histoire. Je referme mes bras sur moi, même si ceux de Drayk m'entourent aussi.

Il me serre plus près de lui et son étreinte m'apaise.

— Taisha, je te promets, tu as fait ce qu'il fallait, même si ton amie te condamne, me murmure-t-il à l'oreille.

— Dites-le-moi encore. J'ai besoin de l'entendre.

Je détends mes muscles.

— Les images repassent en boucle dans ma tête, je lui explique.

— J'en suis persuadé. Cela montre que tu as le courage et l'honneur de penser par toi-même. Même si ceux qui t'entourent en manquent.

Je tressaille, parce que je ne peux juger Rannah pour avoir voulu la mort de ce jeune. Les esclaves n'ont pas le luxe d'en avoir. Mais ses paroles m'apaisent.

Je fonds dans son étreinte, je ferme les yeux et pose la tête sur son torse, je sens les battements réconfortants de son cœur, lent et régulier.

— Je... j'aimerais apporter la liberté aux autres humains aussi. J'ai parfois le sentiment...

Je me redresse et le regarde.

— Ce n'est pas juste. Pourquoi j'ai été sauvée et pas eux ? C'est comme un cadeau que je ne mérite pas. Je dois le gagner, après coup. Je veux faire quelque chose qui en vaille la peine.

— Tu l'as déjà fait, me dit-il, emphatique. Tu as récupéré

ces disques. Et tu nous as apporté la toxine qui peut tuer les Ocretians. Ça n'a pas de prix.

Mais ses yeux se détournent après l'avoir dit. Pense-t-il que ce n'est pas suffisant pour convaincre Zander ? Dois-je toujours faire mes preuves ? Je pose une paume sur son torse.

— Je l'espère. Mais s'il te plaît, maintenant j'ai besoin de me changer les idées.

Je prends une grande inspiration.

— Raconte-moi quelque chose.

Il semble surpris.

— Que je te raconte quelque chose ? Que souhaites-tu savoir ?

— Quelque chose sur ta planète. Sur toi.

Je souris à la façon dont j'ai imité sa question. Il rit.

— D'accord.

Il marque ensuite une pause, il réfléchit peut-être à ce qu'il pourrait dire.

— Une fois, commence-t-il en recouvrant la main que j'ai posée sur son torse de la sienne, quand j'étais quelques cycles solaires plus jeune, je désirais faire quelque chose d'important pour Zandia.

J'aime sentir cette main forte et puissante sur la mienne.

— Continue.

J'appuie les doigts contre sa chemise. J'aurais préféré sa peau nue.

Il me caresse avec son pouce.

— Je pensais que devenir capitaine de vaisseau et partir en mission n'était pas suffisant. Zandia a encore tant à accomplir. Tellement d'ennemis. Nous sommes toujours si dévastés en tant qu'espèce.

J'attends qu'il poursuive.

— Alors j'ai demandé au roi Zander de me former en

tant que juge, annonce-t-il avec une pointe de fierté. Et il a accepté. Il a dit que j'avais la capacité d'être impartial et de voir le bien de la planète d'une manière qui m'est propre.

— C'est louable.

Son visage est près du mien, son souffle est chaud sur ma joue.

— Je ne l'ai pas fait pour être honoré, même si tous les éloges signifient que je sers bien Zandia. Je pensais que je devais tout donner à notre peuple. À cent pour cent, en tout temps.

— Je comprends. Nous les humains sur Romon-3, et certainement n'importe où ailleurs dans la galaxie, on a un lien aussi. Si on peut se tendre la main, on le fait. L'esclave dans la salle des archives savait que je n'avais rien à faire là, mais elle n'a rien dit. Elle m'a aidée même si ça pouvait lui coûter la vie. Quand je suis partie, elle a murmuré : « j'espère que tu y arriveras ».

Je baisse la voix en me souvenant de ses paroles. Je déglutis.

— On fait ce qu'on peut les uns pour les autres. Pour notre survie à tous.

Il hoche la tête.

— Hmm. En tant que juge, je dois contrôler mes émotions et prendre des décisions logiques et équilibrées qui serviront l'intérêt général de Zandia. Ce qui signifie que je ne peux pas avoir de compagne. Du moins pas une humaine, parce qu'elles réveillent une sensibilité chez les Zandians qui les rendent instables.

Je cligne des yeux en le regardant. Quoi ?

— C'est vrai ?

Il se frotte le nez comme s'il se sentait coupable de le dire.

— Oui. Tout le monde le sait sur Zandia. Mais elles sont

la meilleure option pour nous reproduire parce qu'il reste très peu de Zandiannes.

— Qu'est-ce que tu veux dire par *sensibilité* ?

Il se lève et passe une main sur sa nuque.

— Émotionnel. Ressentir des choses. Habituellement, les Zandians sont extrêmement logiques. Les humains suscitent des émotions que nous ne sommes pas accoutumés à avoir.

Je quitte aussi mon siège.

— Est-ce que j'en éveille chez toi ?

Il détourne le regard. Se racle la gorge.

— Oui. Alors c'est bien que ce soit une situation temporaire.

C'est vrai. Une situation temporaire.

Il devient froid. Si différent du féroce protecteur qui me tenait contre lui pendant que je lui racontais mon histoire. Un éclair de douleur me traverse la poitrine. Chaque fois que j'ai le sentiment qu'il commence à avoir confiance en moi et à se soucier de moi, il revient en arrière un instant plus tard.

Il prend son sac près de la porte.

— Viens. Je vais t'emmener au labo pour que tu rencontres l'équipe.

Il se tourne vers moi.

— Et il est strictement interdit de mentionner l'expédition de récupération des disques à un autre humain, c'est clair ? C'est une mission secrète et nous ne voulons pas de conversations qui pourraient déclencher des rumeurs.

Il me lance un regard sévère.

— C'est très important. Dis-moi que c'est compris.

— Oui, Maître. Promis.

CHAPITRE TREIZE

T*aisha*

— Taisha, donne-moi le sérum, s'il te plaît.

Bayla pointe à gauche.

Je récupère une petite fiole, je prends soin de la prendre correctement avec ma main gantée.

— Bien sûr.

— Merci.

Elle la pose sur son poste.

— Nous sommes à la septième rotation planétaire et nous commençons à être à court de venin. J'aimerais vraiment que les rations correspondent à ceux de ton échantillon.

Je souhaite désespérément aider, mais franchement, je lui ai déjà dit la moindre chose dont je me souvienne sur la manière dont Leylah exploitait les toxines, ce qui n'était pas grand-chose puisque c'est Keerah, pas moi, qui était son élève avec les serpents.

— Je voudrais avoir la réponse.

Je secoue la tête de frustration. Je viens ici depuis

quelques semaines maintenant. Même si je me suis liée à Bayla et que j'aime apprendre de nouvelles techniques de laboratoire, je n'ai pas le sentiment d'être réellement utile.

— Tu l'as peut-être vue faire quelque chose une fois, sans te rendre compte de ce que tu regardais, mentionne Bayla pleine d'optimisme. Si tu y réfléchis bien, ça te reviendra peut-être.

— Elle avait l'habitude de me parler seule à seule quand elle travaillait. Mais j'étais concentrée à écouter ses histoires et ses légendes. Sur des humains puissants, ceux qui ont défié les présages et se sont élevés contre les oppresseurs à travers les millénaires.

Je me frotte les lèvres ensemble.

— Elle a expliqué que c'était le genre de choses que je devais faire sortir, je précise avec un signe de la main. Ici. Avec moi.

Je me tape la tête.

— Elle a dit que tout ce dont j'avais besoin était là.

Bayla retire ses gants de latex avec un son de claquement et les pose sur le comptoir. Elle soupire et met un bras sur mon épaule.

— Et j'adorerais les entendre, et on les documentera pour les générations futures. Ce sont des histoires fabuleuses, surtout celles sur les héros grecs – en Grèce, hein ?

Elle joue avec le mot sur sa langue.

— La Grèce. Les légendes des humaines et des dieux sont spectaculaires. C'est seulement que, aussi merveilleuses qu'elles soient, ce n'est pas ce dont on a besoin pour le moment.

— Je sais. Je le sais.

Je retire mes mains et les essuie sur les vêtements de laboratoire, parce qu'elles sont soudain moites.

— Ce n'est pas ta faute.

Bayla sourit.

— Faisons une pause, d'accord ? J'ai la permission de Drayk de t'emmener manger avec une de mes amies humaines, Mirelle.

— Super.

Mon humeur remonte d'un coup.

— Ce n'est pas que je ne vous aime pas le Dr Daneth et toi, mais j'ai hâte de voir d'autres personnes.

Je m'arrête et l'examine minutieusement.

— Comme... Lamira ? Tu crois que je pourrais la rencontrer bientôt ?

— Lamira ? La compagne du roi Zander ? Il est assez protecteur, surtout avec les nouveaux arrivants. Pourquoi elle en particulier ?

Elle me lance un regard inquisiteur.

— Oh, je, euh... pense seulement qu'elle doit être puissante et intéressante pour avoir attiré son attention. C'est tout. Je suppose que je suis curieuse.

Je garde mes yeux grands ouverts.

— Alors. Certainement pas avant que tu aies terminé ta période probatoire.

Elle appuie sur son communicateur.

— Mirelle, tu es prête ? Allons-y, Taisha.

Taisha

— C'est superbe !

Je lève les bras et tourne en rond, je ris de ravissement.

— Je n'ai jamais rien vu de pareil !

Je ne sais pas ce qui est mieux : la chance d'être dans un endroit autre que le laboratoire, l'air libre ou la compagnie.

Nous sommes dans une grotte pas très loin d'une chute, assises autour d'un rocher plat qu'on utilise comme table. J'arrive à peine à me concentrer sur la nourriture, même si ces baies sont fantastiques. Pour montrer mon appréciation, je m'installe confortablement, croise les jambes sous ma robe fluide et je mets une fraise couleur rubis dans ma bouche.

— Miam.

— Tu en as mangé... Là où tu étais ?

Mirelle garde un ton prudent. Elle fait attention.

— On les faisait pousser. On était punie si on en prenait. Parfois, il en restait quelques-unes sur les vignes, à moitié pourries, et on les ramenait aux baraquements.

Assise avec elles, je me sens assez forte pour confronter ces souvenirs.

— Mais elles n'avaient pas ce goût, je précise.

Je m'empare d'une fraise, simplement parce que je le peux.

— J'aimerais pouvoir aider les autres là-bas.

Mirelle acquiesce.

— Je sais. J'ai eu du mal à me faire au fait d'être libre quand tant d'humains ne le sont pas. C'est pourquoi j'ai dédié ma vie à les sauver.

Le visage de Bayla devient pâle et je vois des larmes au bord des cils. Mirelle lui prend la main.

— Oh, Bayla, je suis désolée. Parlons d'autre chose.

— Non, intervient Bayla en s'essuyant les yeux. C'est le plus important. Et si notre Terre-Mère le veut, au cours d'une rotation planétaire, on trouvera les informations sur mes enfants humains. Je suis persuadée qu'on y arrivera.

Je pose ma fraise.

— Tes enfants ? Qu'est-ce que tu veux dire ?

— J'ai porté deux esclaves en tant que reproductrice. Avant que le Dr Daneth m'achète pour son projet sur Zandia. Ils m'ont été enlevés à la naissance. Ça me tue de penser qu'ils sont quelque part... dehors.

Sa voix tremble.

— Le Dr Daneth et le roi Zander m'ont dit qu'on les retrouverait si on le peut. Mais avant, on doit récupérer leur dossier d'esclave de...

— D'où ? je demande, avec mon cœur commençant à battre la chamade.

J'aime déjà Bayla et ça me fait mal de savoir que ses enfants sont tout seuls. Sa souffrance, son ignorance devant l'endroit où ils pourraient se trouver.

— Les archives sont supposées être dans un complexe sur une planète appelée Fonquin. Mon compagnon ne veut pas que je me fasse trop de soucis. Il dit que ce n'est pas bon pour ma santé. Mais franchement, parfois je ne parviens pas à penser à autre chose.

J'ai un drôle de sentiment et je vois un éclair violet, comme quand je tenais la pièce de Leylah sur Romon-3. J'ai besoin de parler.

— J'ai été sur Fonquin.

Je commence sans réfléchir.

— Je me suis faufilée dans un bâtiment et j'ai récupéré les disques dénommés BAY1 et BAY2. Drayk et son équipe les ont.

Elle se penche en avant et me saisit.

— Quoi ? Tu dis la vérité ? Qu'est-ce que tu veux dire ?

Oh, par la Terre, je ne devais rien dire ! Mon cœur sombre. Mais quand je vois son expression – cette douleur et cette détresse – mélangée avec de l'espoir, je dois poursuivre.

— Je ne sais pas. Oui, c'est vrai. Quand je me suis faufilée dans le vaisseau de Drayk, je l'ai accidentellement empoisonné et j'ai ensuite proposé de l'aider pour une mission secrète. Ils avaient besoin d'un humain et moi je devais prouver ma loyauté.

Ses yeux sont écarquillés et fous. Elle me secoue.

— Ce sont les miens ? Mes enfants ? Parle !

— Je ne sais pas. Bayla, s'il te plaît !

Ses mains s'enfoncent dans mes bras.

Mirelle retire doucement les doigts de Bayla de mes vêtements.

— Bayla, tout va bien se passer. Assois-toi. On va voir comment ça évolue.

— Pourquoi ils ne m'ont rien dit ? s'interroge-t-elle en montant le ton. C'est une plaisanterie ? S'il te plaît, ne joue pas avec moi.

— Je ne ferais jamais ça.

Je pose une paume sur mon cœur et la regarde dans les yeux.

— Je te jure que c'est ce qu'il s'est passé, je lui assure.

J'inspire. Je me mordille la lèvre.

— Je crois que je ne devais le dire à personne par contre. Drayk me l'avait interdit.

— Mais ce sont les miens ?

Elle reprend ma main et la serre. La manière dont ses ongles s'enfoncent dans mes paumes et son amour désespéré pour ses enfants me rappellent la sensation de la pièce...

— Je... aïe.

Je tressaille et ferme les yeux quand une douleur me traverse les tempes.

— Oh...

Elle me laisse, peut-être par inquiétude, et je me saisis la tête à deux mains.

— Oh, par la Terre...

Un éclair violet et bleu. Deux petits visages humains flottent devant moi. Le seul que je vois clairement ressemble beaucoup à Bayla.

— Oui. Les tiens.

Encore une fois, je parle sans réfléchir.

Puis la vision disparaît, aussi vite qu'elle est venue, et je ne peux me souvenir des détails. Je suis horrifiée. Pourquoi je lui ai dit oui, alors que je suis loin d'en être sûre ?

— Je veux dire, je le souhaite. Par la Terre, il le faut.

Bayla souffle.

— Espérons-le.

— Qu'est-ce qui t'est arrivé ?

Mirelle me fixe avec attention.

— Rien. Seulement une douleur soudaine. Je vais bien.

Je touche ma tempe à nouveau, mais la souffrance est partie aussi vite qu'elle est venue.

— Quelque chose t'est revenu ?

Mirelle ne sourcille pas.

— Non, pourquoi ?

Ce n'est pas vraiment un mensonge, après tout, c'était un flash, pas un souvenir.

Elle hausse les épaules.

— C'est seulement cet air de tension sur ton visage. J'ai un talent pour aider les autres à se concentrer. Une façon de respirer qui contribue à détendre l'esprit.

— Je n'ai pas besoin de me détendre.

Elle me touche le bras.

— Tu es aussi contractée qu'une vipn.

Mais elle tourne son regard vers Bayla qui pleure en silence.

— Je n'y arriverai pas. Je ne supporte pas d'attendre.

Sa voix montre sa frustration. Mon cœur saigne pour elle.

— À chaque rotation planétaire, ça devrait être plus facile, mais c'est plus dur. J'aime mon compagnon et nos deux petits. J'aime Zandia et mon travail est fascinant. Mais je me brise à l'intérieur, petit à petit. Je dois récupérer mes enfants ou savoir... qu'ils sont partis.

Elle renifle et s'essuie les yeux.

— C'est de la torture.

— Je suis vraiment désolée.

Je pose un bras sur elle et Mirelle lui fait une accolade de l'autre côté. Nous sommes un trio, toutes liées.

— Si on parvient à créer le poison, on aura un avantage sur les Ocretians, avance Bayla d'une petite voix. Et chaque chose que l'on obtient pour avoir plus de puissance est un pas de plus pour regagner la véritable place de Zandia dans la galaxie, qui n'a pas d'égale. Et ça me rapproche des réponses... pour mes enfants. Tout est lié.

Je la serre fort.

— J'aimerais pouvoir en faire plus. Je vais essayer de me concentrer plus, vraiment, pour voir s'il y a des petits trucs que Leylah a faits, ou dits, que je pourrais me rappeler, ça pourrait apporter des lumières sur la façon de créer la toxine.

— Je vais t'enseigner à libérer ton esprit, me promet Mirelle.

— Alors tu as pu consulter des informations contenues sur les disques ? demande Bayla, désireuse d'en apprendre plus.

— Je suis désolée, non. Mais ils les ont. Je suis sûre qu'il t'en parlera quand… quand… le moment sera venu.

— Je suis certaine qu'ils n'ont pas voulu t'inquiéter plus que nécessaire, ajoute Mirelle.

Maintenant, je me sens doublement coupable. Pas seulement pour avoir augmenté le niveau de stress de Bayla, je lui ai révélé un secret qui devait le rester. Et je ne peux leur offrir les informations dont ils ont besoin pour la toxine. Pourquoi j'ai l'impression que chacun de mes succès demeure partiel ? Pourquoi je ne peux pas donner de véritables résultats ? Je prie pour que Leylah n'ait pas commis d'erreur en m'envoyant ici. Je semble incapable d'accomplir quoi que ce soit.

Je dois récupérer la pièce qu'elle m'a fournie. Si je la tiens et que j'utilise la méthode de relaxation de Mirelle, je pourrais peut-être dénicher quelque chose dans ma tête pour Lamira. Je veux montrer à ces humains – leur donner – quelque chose en plus de l'espoir. L'espoir d'être sauvé, l'espoir de découvrir un sérum – toute mon existence tourne autour de ça. Ça m'a emmené loin, mais il est temps de trouver quelque chose de plus tangible.

Je regarde Bayla.

— Tu peux le faire, je lui dis. Tu en es capable.

Je lui touche le visage.

— Tu es plus forte que tu le penses. Et par *tu peux le faire*, je veux parler de la vie. L'attente. Travailler pour l'avenir, aussi nébuleux soit-il.

Elle me sourit, il est tremblotant.

— C'est une bonne chose que l'on soit humaines, toutefois.

Elle renifle.

— Tu as raison. On peut le faire. Ensemble, acquiesce Bayla.

Elle nous prend la main à Mirelle et moi. On reste toutes les trois, nos épaules se touchent et j'ai l'impression que l'on complète une sorte de circuit. Quand je me tenais côte à côte avec Rannah, on était liée par la peur et la colère. Avec ces humaines, la connexion est celle de la force.

— Je dois rencontrer Lamira, je leur dis. Avant la fin de ma probation. Rapidement.

Cette fois, personne ne me demande pourquoi.

Bayla répond immédiatement.

— Je vais voir ce que je peux faire.

T*aisha*

—E lle devrait être quelque part. Petite pièce, où es-tu ? Viens à moi, je chantonne en cajolant, mais je ne trouve rien dans la réserve de nourriture, sous les draps, et sur les étagères.

Je soupire de frustration.

— Je suis toute seule à la maison, et rien à apporter, je grogne en regardant par la fenêtre.

Enfin, chez Drayk... ma résidence temporaire.

Nous sommes presque le soir, le soleil zandian lance ses derniers rayons à travers le verre incurvé, illuminant les cristaux pendus au plafond et projetant des motifs un peu partout dans le domicile. Je suis peut-être en prison, mais elle est ravissante.

— Leylah, dis-moi où elle est, je murmure, mais je n'ai aucune étincelle.

Si mon mentor est quelque part, elle ne m'envoie pas de

messages de l'au-delà comme ceux qu'elle percevait. À moins que je ne sois pas le bon réceptacle. Tous les petits flashs que j'ai reçus pour le moment ne sont que pour m'aguicher. Des suggestions de ce que ça doit être d'avoir de véritables visions.

— Où Drayk la garde-t-il ?

Je regarde autour de moi, mais il n'y a plus nulle part où chercher. Il a dû l'enfermer quelque part – au travail ou chez un ami. Qui sait ?

— Où Drayk garde quoi ?

— HAA !

Je crie et sursaute. Drayk s'est glissé derrière moi.

— Tu reviens d'où ?

— De mission.

Il m'examine.

— Je voulais dire, comment as-tu pu te faufiler aussi silencieusement ?

— Des cycles solaires d'entraînement. Tu cherches quoi ?

Il lève un sourcil.

— Ah...

Je déglutis.

— De quoi étudier ? Tu ne m'as pas promis plus d'informations sur les toxines, les serpents et ce genre de choses ?

Je me félicite pour la répartie rapide.

Il pose son sac près de la porte.

— En effet, mais ce n'est pas pour tout de suite. Tu as mangé ?

Il plisse les yeux.

— J'ai remarqué que les provisions n'ont pas drastiquement diminué.

— Parce que j'ai déjeuné avec Bayla et Mirelle au cours de cette rotation planétaire.

— Tu as parlé de quoi avec elles ?

Il est nonchalant.

— Des trucs d'humains, je dirais. D'où on vient. Des liens.

— Hum. Rien d'autre ?

Il relève sa manche gauche.

Je suis hypnotisée par son avant-bras qui se dévoile.

— Oh, je ne me souviens pas. Des choses qui nous passaient par la tête.

— Des choses qui vous passaient par la tête. Mais certainement pas ce qu'on a fait sur Fonquin, hein ?

Il retourne une fois de plus le tissu avant de fléchir son membre. Ses muscles ondulent et mes mamelons durcissent.

Oups.

— Ah. Vous m'avez demandé de ne pas en parler.

Je fais tourner une boucle de mes cheveux sur mon doigt et il réplique.

— Oh, je ne t'ai pas demandé. Je te l'ai ordonné. Non ?

Il relève la seconde manche. Il se rapproche, tel un prédateur.

— Peut-être. Je suppose.

Je recule d'un pas, mon cœur commence à battre la chamade.

— Ce n'est pas très sérieux pour une personne douée pour duper les autres.

— Tout le monde a de mauvaises rotations planétaires.

Je déglutis.

— Tu as peut-être raison. En fait, c'est surtout ta culotte qui va connaître une rotation exceptionnelle.

Il claque des doigts.

— Retire-la et penche-toi sur la couchette.

Je crie de surprise et mets une main sur ma bouche.

— Drayk !

Il va vers un placard pour prendre quelque chose.

— La bonne réponse était : oui, Maître, tout de suite.

— J'ai besoin de temps pour m'habituer aux nouvelles coutumes, j'argumente, pour continuer à renchérir.

Il récupère quoi ?

— Tu vas en apprendre quelques-unes toute de suite, acquiesce-t-il. Je vais t'aider, puisque c'est mon travail.

Il jette un œil par-dessus son épaule.

— Retire tes vêtements, Taisha. Tous.

D*rayk*

J*e* ne devrais pas être aussi excité à l'idée de corriger ma petite humaine. Ça devrait être une punition. Sérieuse. Sévère.

Mais mon sexe n'a pas eu le message. Je ne pense qu'à la déshabiller.

Complètement.

La voir toute nue.

Bordix, j'ai hâte de lui donner la fessée.

Lui asséner des coups de reins...

Non. Je ne suis pas supposé faire ça.

Et pourtant, le Dr Daneth a dit que les sanctions sans satisfaire leur désir seraient cruelles.

Et je préférerai me couper les bourses plutôt que de l'être envers ma belle femelle.

Non, pas la mienne.

Elle n'est pas à moi. Je ne peux la prendre pour compagne.

Et c'est à ce moment que mes pensées déraillent vers la passion à nouveau. Je me retourne et grogne devant ce que je vois.

Taisha a enlevé ses vêtements. Elle se tient timidement devant moi. Timidement, mis à part le doigt replié entre ses jambes.

— Ne te touche pas, je lance.

Mon ton est plus dur que j'en avais l'intention.

Ses yeux s'écarquillent et elle retire sa main d'un coup.

— Penses-tu mériter du plaisir après m'avoir désobéi ?

Elle humidifie ses lèvres et mon sexe bondit dans mon pantalon.

— Hmm... Non, Maître.

Je me rapproche.

— Certainement pas avant d'avoir été punie.

Le bout de sa langue sort à nouveau de sa bouche. J'ai envie de glisser ma verge à l'intérieur, au point qu'en j'en gémis presque.

— Et si tu reçois du plaisir ensuite, ce sera selon mon bon vouloir. N'est-ce pas, ma belle ?

Je ne lui avais pas donné de surnom auparavant, et j'entends sa respiration se couper devant la petite attention. Comment ne pas l'utiliser ? C'est effectivement une beauté.

Exquise, en fait. Sa peau sombre brille de santé, ses seins pleins m'attirent. Ses mamelons ont une teinte plus foncée, ils se dressent. Faits pour être sucés.

— Oui, Maître, murmure-t-elle en faisant basculer son poids d'un pied à l'autre.

Mon sexe palpite et j'ai du mal à ne pas la jeter sur la couchette et la prendre longuement avec force.

Qu'est-ce que ça peut bien faire qu'elle m'ait désobéi ?

M'attendais-je vraiment à ce qu'elle ne parle pas à ses amies humaines de quelque chose ayant une aussi cruelle importance au niveau personnel ? Si je veux être honnête avec moi-même, j'admettrais que c'était un piège pour la punir.

Mais d'une certaine façon, je ne pense pas que ça la dérange.

Pas le moins du monde.

— Tu... désires que je me mette dans quelle position ?

Sa voix est douce et rauque.

— Penche-toi sur la couchette, les jambes écartées.

Elle obéit, elle m'offre ses fesses juteuses, la prune fendue de son sexe trempé entre ses cuisses.

Je lubrifie le plug en forme de bulbe, utilisé pour les punitions des humaines. Je vais la châtier avec ça.

— Quand tu seras vilaine, tu vas avoir ça dans le derrière, je lui dis.

Elle tourne la tête et me regarde les yeux écarquillés. J'applique plus de gel sur la sombre rosette de son anus avant de pousser l'accessoire contre lui.

— Ouvre-toi pour moi, Taisha. Prends de grandes respirations.

Elle serre les fesses et se tortille.

Je lui donne une bonne claque.

— Obéis-moi.

Elle est haletante. Je suis presque certain que ce n'est pas de la peur, mais de l'excitation.

Je lui frappe à nouveau le postérieur et lui écarte un peu plus les jambes.

— Ouvre-toi. Tout de suite.

Elle expire et le muscle se détend. Je pousse le plug lentement à l'intérieur.

Elle ronronne, puis émet un petit cri lorsqu'on atteint la

partie la plus large. Quand il est en place, elle se remet à bourdonner de satisfaction.

— Les vilaines humaines prennent ça dans l'anus quand elles se font punir, je lui dis.

— Oui, Maître, murmure-t-elle en acquiesçant.

Sa soumission, son plaisir, m'excite encore plus. J'ignore comment je vais faire pour ne pas la réclamer avant la fin.

En fait... Je le sais peut-être.

— Taisha. À genoux, maintenant. Montre-moi combien tu es désolée.

Ma gorge est inexplicablement enrouée.

Elle comprend tout de suite, elle descend de la couchette et se met en position à mes pieds. Je libère mon érection et elle ouvre ses lèvres pleines.

— C'est ça, ma belle.

Je plonge ma virilité entre elles.

Elle fait tourner sa langue en dessous, creuse ses joues et suce quand je recule.

— C'est bien, je la félicite.

J'ai déjà oublié sa punition.

Tout ce qui me préoccupe c'est la manière dont mon sexe disparaît dans sa bouche et l'incroyable plaisir qui me traverse.

— Taisha, je murmure. C'est si bon. Tellement bon.

Je jacasse. Bientôt, je vais dire des inepties. Je lui attrape l'arrière de la tête et m'enfonce plus profondément, sans penser que ma verge est trop longue pour elle. Elle s'étouffe, mais ne s'arrête pas, elle continue de sucer bien fort.

Je laisse échapper un filet de juron et je fais des va-et-vient plus rapides, j'enfouis mes mains dans ses boucles, j'en oublie d'être doux. Elle le prend, ses grands yeux bruns levés vers moi, rivés sur mon visage.

Je crie et jouis, je me retire pour déverser mon sperme arc-en-ciel sur ses seins.

Elle me regarde, lèche mon essence sur ses lèvres.

Je suis submergé par le besoin de lui procurer la même satisfaction. Je la soulève et la jette sur le lit, puis, je lui relève les chevilles.

Je lui assène une tape sur ses fesses exposées et elle donne un coup de pied sous la surprise.

— Tu pensais que j'avais oublié la punition ? je lui demande bien que ce fût presque le cas.

Les claques tombent avec régularité, elles lui chauffent le derrière, et je regarde sa peau d'ébène prendre une teinte violacée comme la mienne.

Et puis, je lui baisse les jambes et je lui écarte les genoux. Je vais festoyer. Je vais lui donner une récompense pour s'être soumise à mon autorité.

Elle lance un cri au premier contact. Je lui maintiens les cuisses ouvertes et lui fais plaisir avec ma langue, mes lèvres et même une corne. Son orgasme arrive rapidement, mais je ne m'arrête pas là. Je fais des va-et-vient avec le plug anal pendant que je lui suçote le clitoris pour lui en procurer un second. Puis un troisième.

Quand j'en ai fini avec elle, ses cris sont devenus rauques et tout son corps tremble et se relâche.

Je me dresse au-dessus d'elle.

— Tu as appris ta leçon, petite humaine ?

Elle sourit, les mains sur ses propres seins.

— Oui, Maître.

Je penche la tête sur le côté.

— En effet, je crois que c'est le cas.

T*aisha*

Drayk s'endort sur ma couchette, le son de sa lente respiration éloigne la menace des cauchemars.

Tout mon corps bourdonne après les orgasmes qu'il m'a procurés. Je remarque qu'il ne m'a pas encore complètement réclamée.

Il croit toujours qu'il ne peut avoir une humaine pour compagne et garder l'esprit assez clair pour être un sage judiciaire. C'est une piètre excuse si on me demande mon avis. Bien sûr, on ne m'a pas donné l'autorisation de me lier à un être pour l'instant. Pas avant la fin de la période probatoire en tout cas.

Une partie de moi ne veut pas qu'elle se termine. Pas si ça signifie quitter la protection de Drayk. Ouvrir les vannes pour laisser les requêtes des mâles pour me partager. Et sur Zandia, ils mettent souvent une humaine célibataire avec plusieurs Zandians. Je n'arrive pas à l'imaginer.

Cette pensée m'effraie.

J'examine le beau visage de Drayk, endormi. Sa mâchoire carrée et virile. Sa peau violette imberbe et lisse. Il est à la fois imposant et compatissant. Sévère et joueur. Il peut prétendre ne pas se soucier de moi, mais chaque fois qu'il me touche, c'est explosif et je sais ne pas être la seule à ressentir cette passion à l'état brut.

Il est profondément assoupi, son visage est enfin détendu. C'est comme s'il portait Zandia sur ses épaules. Même son sac semble lourd.

Le sac !

Je sursaute, il murmure dans son sommeil, roule, mais ne se réveille pas.

Mon pouls s'accélère, je me glisse rapidement hors du lit et me dirige pieds nus vers la porte. Je jette un œil derrière moi, mais il ne bouge pas.

J'ouvre sa serviette. Elle n'est pas verrouillée, même s'il a un code, il n'a pas été mis.

Je repousse un communicateur, des éléments de technologie que je ne reconnais pas et il est là – mon petit sac brun et élimé.

— Te voilà, je murmure en le tirant.

Je marche sur la pointe des pieds vers la zone de préparation des repas, séparée de celle pour dormir par une paroi, et je pose silencieusement ma besace sur le comptoir. La nostalgie me frappe de plein fouet, parce que j'imagine qu'il a une odeur de feu et de suie, du bois brûlé qu'on utilisait sur Romon-3. Ça me rappelle celle de Leylah, qui passait la majeure partie de son temps à travailler dans les baraquements. Pendant une seconde, je pense que je vais m'effondrer sous la tristesse, le deuil. Des larmes me montent aux yeux, puis je les essuie. Je prends une inspiration. Leylah ne voudrait pas que je perde ma concentration comme ça.

— S'il te plaît, s'il te plaît, soit là, je l'exhorte.

À mon grand soulagement et gratitude, quand je cherche sous mon pantalon de rechange, elle y est. La pièce.

— Merci, par la Terre.

Je la saisis dans ma main gauche, comme je l'avais fait sur Romon-3 lorsque Leylah me l'avait confiée. Quand j'avais cru qu'elle me parlait.

J'aurais dû la cacher à nouveau, reposer mon sac et retourner sur la couchette. Mais je ne peux résister à l'envie de la garder.

Je m'assois en tailleur sur le sol de marbre banc et je

commence à respirer comme Mirelle me l'a enseigné. Puis je me rappelle la façon dont Leylah fermait les yeux et semblait se balancer, alors je m'abandonne de la même façon, empoignant toujours la pièce dans ma main au point qu'elle s'enfonce dans ma peau.

Je me vide l'esprit et j'attends, mais il ne se passe rien.

Frustrée, je réessaie. Je serre le morceau de métal et repousse toutes pensées. Je le laisse se remplir d'étoiles, avec de la lumière et le son d'une chute d'eau. Avec de la vie et tout ce qui est bon.

— Montre-moi pour la toxine, je supplie. Ou quelque chose qui pourrait servir. N'importe quoi.

J'attends.

Mais rien ne vient.

Alors, je vais cacher la pièce et retenter plus tard. Mais où ? Je regarde autour de moi et mes yeux se posent sur le fruit. *Utilise l'orange. Il le fera aussi.* Était-ce ce que Leylah voulait dire ? C'est étrange, mais ça doit avoir du sens parce qu'il y a une orange devant moi. Quelque chose de rare également – un aliment spécial envoyé par des humains qui essaient de nouvelles plantes de partout dans la galaxie.

Alors, c'est une excellente cachette. Drayk ne regardera jamais là. Puisque les Zandians ne mangent pas comme nous, il n'examine jamais la nourriture qui m'est destinée.

Je déchire la peau de l'orange avec mes doigts et j'enfonce la pièce dans sa chair. Je remets mon sac dans celui de Drayk et tâche de réarranger ses affaires telles qu'elles l'étaient avant mon intrusion et je retourne sur la couchette, mon échec me pèse. L'odeur du fruit est comme un parfum sur mes mains, mais il ne m'apaise pas.

L'aperçu que j'ai eu des enfants de Bayla – était-ce mon imagination qui voulait les représenter dans mon esprit ? Comme si je faisais de l'art ? Je n'ai aucun moyen de lui montrer l'image que j'ai vue pour savoir si elle correspond véritablement à ses bébés. Ou était-ce un réel message, un don, quelque chose que je pourrais renforcer si je trouvais comment ?

Je pourrais peut-être réessayer.

Ou peut-être que je dois simplement apporter la pièce à Lamira ; après tout, elle lui est destinée de toute façon.

J'espérais seulement faire fonctionner la magie de mon côté, encore une fois.

CHAPITRE QUATORZE

Z*ander*

— Je peux avoir une minute, mon Seigneur ?

Daneth est dans l'encadrement de la porte où je vais rencontrer Seke, mon maître d'armes. Sa compagne Bayla, aux cheveux noirs, est blottie sous son bras. Ils sont un couple invraisemblable. Ou du moins, je le pensais quand ils se sont liés. Il est aussi vieux que pourrait l'être mon père, clinique, impassible. On pourrait même dire froid.

Bayla est tout le contraire – une jeune femme pleine de vie et fertile, avec des émotions à revendre. Elle a fait fondre le cœur de glace de mon médecin. L'a éveillé. L'a rendu père – par deux fois maintenant.

— Entre.

Je referme une main sur le poing de l'autre et pose mon menton sur mes jointures.

Lamira se faufile derrière eux et je lui tends le bras. Elle vient à mes côtés et je l'installe sur un genou, en lui enserrant la taille.

Daneth et Bayla s'assoient autour de la table. La peau

laiteuse de Bayla est plus pâle que d'habitude, sa bouche pincée.

Je suis déjà certain de savoir de quoi il s'agit. D'autant plus que Lamira se joint à la conversation.

— Bayla a appris la nouvelle, annonce-t-il simplement sans prendre la peine d'indiquer laquelle.

Quand le capitaine Drayk est revenu avec les dossiers des enfants de Bayla, Daneth a caché cette information à sa compagne jusqu'à ce qu'on les examine. Il ne voulait pas qu'elle se fasse de faux espoirs.

— Je vois.

La petite humaine lève ses grands yeux vers moi.

— Mon Seigneur, c'est possible ? On pourra retrouver mes bébés et les emmener ici sur Zandia ?

— Je comprends que c'est ce que tu souhaites, Bayla. C'est pour ça qu'on s'est engagé dans une opération qui pouvait être politiquement dangereuse afin de les obtenir.

Bayla rougit et baisse le regard avant de le relever, suppliante.

Je penche la tête en direction de Seke, qui prend la parole.

— Ce n'est pas facile de repérer des esclaves avant qu'ils aient atteint l'âge galactique requis pour travailler. Nous avons désormais leur code-barre. Je suis certain que Daneth t'a dit que nous les passons dans les bases de données sans arrêt.

— Et quand vous les trouverez ? insiste-t-elle.

Habituellement, elle est la créature la plus discrète de mon palais, mais j'ai appris que les mères humaines pouvaient faire n'importe quoi pour leurs petits.

— Nous allons tenter de les acheter. Si ce n'est pas possible, on discutera de stratégies alternatives.

— Comme quoi ?

Daneth lève une main en guise d'avertissement vers sa compagne, mais je la laisse.

— Nous les volerons si on le doit.

Le corps de Bayla s'affaisse sous le soulagement et ses yeux se remplissent de larmes.

— Merci, mon Seigneur.

— L'opération initiale a déjà fait des dégâts irréparables au niveau politique, intervient Seke.

Lamira se fige.

— Il s'est passé quoi ?

— Un rapport de cambriolage intergalactique a été diffusé sur les données que nous avons prises. S'ils peuvent identifier Taisha, l'agent humain que nous avons envoyé, un mandat sera émis pour son arrestation. On ne pense pas qu'ils pourront la suivre jusque sur Zandia, mais si c'est le cas, ça pourrait devenir un cauchemar médiatique, explique Seke.

— Ils le feront.

— Comment ? je demande.

Lamira secoue la tête lentement.

— Je ne le vois pas.

Je forme un dôme avec mes doigts. Nous parlons d'une guerre éventuelle, tout ça parce que mon conseiller scientifique veut satisfaire sa compagne. Et pourtant, je ne peux le lui refuser. Les femelles humaines font partie de nous maintenant. Elles sont de nos familles. Et elles sont zandiannes. Et les Zandians se protègent mutuellement, avec honneur et courage.

— Dis-moi comment on pourra éviter cette guerre, je demande à Lamira.

Elle n'a pas de contrôle sur son don, bien qu'il se soit renforcé depuis que nous avons récupéré Zandia et qu'elle est proche de nos cristaux. Mais j'ai appris que parfois il suffit de lui poser la bonne question.

Elle reste assise en silence, elle regarde dans le vide.

— Elle est inévitable, mon Seigneur. On ne peut plus faire machine arrière.

Bordix.

Ce n'est pas la réponse que j'attendais.

— Mais ça ne veut pas dire que l'on perdra. Je vois Zandia comme une grande force avec de nombreux alliés.

— Alors nous ferons face le moment venu.

D*rayk*

—A lors ça se passe comment avec ton humaine ? demande Tarak avec le sourire.

— Ce n'est pas la mienne, j'insiste, même si mon esprit se rebelle quand je l'énonce. Ne dis pas ce genre de choses.

Je pointe l'autre côté de la pièce d'un mouvement de tête.

— Les gars risquent d'entendre et ils vont croire que je prends mes responsabilités de juge à la légère, j'ajoute.

— Je pense qu'ils vont seulement être jaloux que tu puisses vivre et t'amuser avec elle au cours de toutes les rotations planétaires si tu en as envie.

— Ce n'est pas le cas ! je m'écrie.

Et bien sûr, c'est à ce moment que certains regardent avec curiosité dans notre direction. Je baisse d'un ton.

— Parce que ce ne serait pas...

— Approprié, termine-t-il pour moi. Écoute, Drayk.

Il se rapproche et pose une main sur mon épaule.

— Peut-être que tu prends toute cette histoire de juge un peu trop au sérieux, insiste-t-il. Si tu as un lien avec elle, pourquoi ne pas l'accepter ?

Je suis décontenancé.

— Parce que je ne peux pas avoir d'attaches. Je dois garder l'esprit clair. De plus, comme tu l'as déjà fait remarquer il y a un moment, le roi Zander va sûrement la donner à plusieurs mâles. Quand elle sera libre de choisir.

Je claque mon communicateur sur la console, ce qui nous surprend tous les deux.

— Je ne suis pas du genre à partager.

— J'y pensais, mentionne-t-il en acquiesçant. Et c'est vrai. Comme tu l'as relevé, d'autres Zandians ont une compagne uniquement pour eux. Tu n'aurais peut-être pas à le faire.

— Je n'ai pas l'intention de la garder, alors ça n'a pas vraiment d'importance.

Je m'efforce de ne pas réagir à ses paroles.

Il récupère l'unité, la tourne entre ses mains et appuie sur le bouton de sonar optique de son casque. Une série de bips et de clignotements indiquent que des signaux électriques sont envoyés sur son lobe frontal.

— On dirait que tu as endommagé le plafond du pont, m'informe-t-il en levant un sourcil. Souviens-toi que Zander veut aussi qu'on repeuple la planète. Un guerrier fort comme toi serait certainement un plus dans notre patrimoine génétique.

— Pourquoi tu ne t'ajoutes pas toi-même au patrimoine génétique et que tu ne me laisses pas tranquille ? je réplique.

Son visage perd toute expression.

— Tu sais pourquoi.

Son ton est froid.

— Mes gènes sont inférieurs. Aveugle de naissance. Je ne prendrai pas le risque de mettre un jeune Zandian dans la même situation.

— Mon frère, je suis désolé. J'ai parlé sans réfléchir.

Je lui donne une tape amicale sur le bras.

— J'ai accepté ma situation.

Il tourne la tête vers moi, et je pourrais jurer que ses yeux – aussi malvoyant qu'il soit – sont rivés sur les miens.

— Tu as de la chance de pouvoir choisir la tienne, Drayk. Elle n'est pas dessinée devant toi, comme la mienne. Alors, assure-toi de le faire judicieusement, et d'opter pour une vie qui sera bénéfique pour Zandia et pour toi. D'après ce que j'ai appris, les autres Zandians prospèrent et accroissent leur productivité quand ils sont en couple avec des humains. Pourquoi serais-tu différent ?

Il récupère le communicateur.

— Je vais aller le porter à l'atelier.

Quand j'arrive à la réunion, j'ai réussi à mettre cette conversion hors de ma tête. Lorsque le roi Zander nous appelle, ma concentration est à son maximum.

— Les tensions avec les Ocretians augmentent.

Le commandant Seke nous montre une image holo.

— Nous avons décrypté cette transmission provenant d'un vaisseau ocretian. Ils croient que nous avons des humains sur la planète et qu'on les libère pour les prendre pour compagne. Ils imaginent que nous en avons plusieurs qui leur ont été volés.

Un murmure monte dans la pièce.

— Ils ont un plan ?

— Comment l'ont-ils découvert ?

— C'est sérieux à quel point ?

Le roi Zander lève une main.

— Nous présumons qu'ils ont appris à intercepter nos messages comme nous le faisons avec les leurs. Et il y a eu des rumeurs quand on a commencé à sauver et acheter des humains dans les ventes aux enchères. D'autres êtres ont repéré des Zandians et les commérages ont débuté.

— Panifient-ils quelque chose ? On l'ignore, répond Seke en fronçant les sourcils. Mais quand on fait des reconnaissances, on contourne certains secteurs où ils ont une forte activité. Avec l'appareil que Mirelle et ses compagnons leur ont volé, nous avons les connaissances de leur technologie actuelle de camouflage et on peut détecter leurs vaisseaux. Mais nous devons faire profil bas et éviter le conflit pendant que nous élaborons un plan.

— Et pour la récente acquisition humaine ? lance un guerrier au fond de la pièce. Y a-t-il des problèmes liés avec son arrivée ? Est-ce une bonne idée de l'avoir sur la planète ?

Je tourne la tête d'un coup.

— Il n'y en a pas. Elle s'est faufilée dans notre vaisseau et son ancien propriétaire sur Romon-3 la croit morte. Elle a participé à une mission en revenant sur Zandian, mais elle n'a pas été détectée. Elle est une aubaine pour Zandia.

Mon corps se raidit. C'est mon travail de la remettre en question – pas le sien.

— Et franchement, elle a été courageuse. Je... m'assure seulement qu'elle a sa place. Sur cette planète, je précise.

Le guerrier persiste.

— Alors, c'est une coïncidence si son départ et leur agression se sont déroulés en un si court laps de temps ? Devrions-nous l'expulser ?

Je suis prêt à grogner contre lui, mais le roi Zander prend la parole. Je me mords la langue.

— Ces tensions entre Zandia et Ocretia ne sont pas

nouvelles. Et nous n'avons jamais considéré l'idée de renvoyer les humains en servitude avec légèreté.

Son ton contient du dégoût, et le guerrier hoche la tête pour s'excuser et baisse le regard.

— Même s'ils apprennent pour notre nouvelle arrivée, ce serait qu'une goutte d'eau de plus pour alimenter leur colère. Nous travaillons sur une toxine en ce moment qui est fatale pour les Ocretians. C'est un projet top secret. Nous n'en discuterons pas et les Ocretians ne doivent pas être mis au courant. S'ils savent que nous élaborons cela, il est possible qu'ils fassent une attaque préventive de grande envergure et nos systèmes antivaisseaux et antimissiles nécessiteront plusieurs cycles solaires pour être opérationnels.

— Quels sont vos ordres ? On doit faire quoi ? demande un guerrier. Ce sont les questions qui nous brûlent tous les lèvres.

— Faites comme d'habitude, annonce Zander d'une voix ferme et apaisante. Chacun continue de vivre normalement. Vous allez poursuivre les patrouilles et les missions de sauvetage. Travailler dans la médecine, suivre les entraînements. Vous prendre des compagnes et élever vos petits. Vous allez subsister et soutenir Zandia, comme vous l'avez toujours fait. De plus, nous allons renforcer nos contrôles et nos efforts sur les codes de décryptage. Nous allons accroître la formation de nouveaux capitaines de flotte et de guerriers. On vous informera quand vous devrez faire votre devoir.

Quand les gens ayant assisté à la réunion se dispersent, Zander me fait signe de rester.

— Comment ça se passe avec Taisha ?

— Ça va.

J'essaie de garder ma contenance. Zander serait certainement mécontent de ma perte de contrôle avec elle. Mais je sais que je peux la combattre, tourner la page. Prendre une décision en tenant compte uniquement des données. Je devrais peut-être recommander une autre personne pour juger si elle a sa place parmi nous. Mais cette pensée ne fait que m'effleurer avant de la rejeter. C'est moi qui la connais le mieux. Je découvrirai ses secrets.

— La fin de sa période probatoire approche. Tu n'as rien pour lui refuser l'asile, je me trompe ?

— Non, mon Seigneur, j'admets, même si je voudrais insister pour la prolonger. J'ai besoin de plus de temps avec elle.

— J'ai reçu plus d'une demi-douzaine de requêtes pour la lier à différents groupes. Si elle est validée, je préférerais l'intégrer à notre société le plus vite possible. Après tout, il faut accroître nos rangs rapidement, précise-t-il en montrant la station où les informations holos ont été présentées.

Je le fusille du regard et, dans les siens, je suis persuadé de voir de l'amusement.

— Je crois qu'elle ne nous a pas révélé tout ce qu'elle sait, je lâche.

C'est vrai. Elle a toujours des secrets. J'imaginais que je les aurais déjà en ma possession.

— La plupart des humains ne peuvent pas dévoiler toutes leurs pensées et leurs souvenirs immédiatement à leur arrivée. Si on les estime bien pour Zandia, on leur donne la chance de les communiquer à leur rythme.

— C'est quelque chose de vital. Je le... sens.

Je me raidis. Cela ne me ressemble pas. Je suis logique d'habitude. Je m'appuie sur les faits, pas des sentiments nébuleux.

— Comment ça ?

Je secoue la tête.

— Son comportement change quand je lui pose certaines questions. Son langage corporel montre de la culpabilité. À propos de quelque chose.

— Qu'est-ce qui te pousse à croire qu'elle pourrait nous faire du mal ou nous trahir ?

— Rien. J'ai seulement besoin de temps pour savoir ce qu'elle nous cache.

Je retiens mon souffle.

Le roi penche la tête.

— La date butoir approche. Tu vas devoir prendre une décision.

Je lève les yeux.

— Laquelle, mon Seigneur ?

— Si tu souhaites la garder, lance-t-il légèrement.

CHAPITRE QUINZE

D *rayk*

Je n'aime pas ça. Ramener Taisha sur la planète où elle a été asservie est une idée horrible.

Mais le Dr Daneth et Bayla ont besoin de plus de fruits de mur-eck et de venin de serpent pour essayer de reproduire le poison, et bien sûr, Taisha est la seule qui connaît l'emplacement de ce genre de choses.

Toutefois, j'ai averti tous les guerriers à bord que si Taisha est capturée, on s'engagera totalement. Je me moque d'utiliser des toxines pour leur faire croire à un accident. Je me fous complètement qu'ils soient au courant que les Zandians braconnent sur leur planète.

Je ne laisserai pas ma petite humaine retourner à la servitude.

Pas quand cela lui apporterait sans doute la mort.

Ou même pire, une vie de torture.

— Nous approchons de l'espace aérien de Romon-3. On vérifie le camouflage.

C'est le compagnon de Mirelle, Domm qui prend la

parole, comme s'il était le capitaine officiel cette fois. Il ne l'a pas formulé, mais je crains que maître Seke ne soit pas certain que je puisse garder la tête assez froide sur cette mission avec Taisha à bord.

Je lui ai dit que nous ne sommes pas liés et que mes émotions n'étaient pas affectées, mais j'ai vu le doute dans ses yeux. Alors il a doublé les équipes. Tarak et moi pour piloter et Mirelle et ses compagnons pour emmener Taisha au sol.

Je serre le poing et je me force à aller vers le panneau et les lumières.

— Nous sommes en position et complètement dissimulés. Les signaux de recherche que notre vaisseau ne pourra pas éviter sont là, je mentionne, en pointant sur l'écran de Tarak les endroits où il y a des pulsations vertes.

Tarak acquiesce.

— Mais avec notre nouvelle technologie, on pourra ajuster notre camouflage avec leur vague d'énergie pour rester invisible. Nous serons au sol dans trois… deux… un.

Mirelle se tourne vers Taisha.

— Tu es prête ?

Le visage de Taisha est tendu, mais elle hoche la tête. Elle est si courageuse pour un être aussi sensible, surtout quand on pense qu'elle souffre toujours de stress post-traumatique après son asservissement ici.

— Je viens, dis-je en allant contre les ordres.

Domm lève un sourcil, mais à mon grand soulagement, il ne refuse pas. Je me saisis de la poignée de mon épée et je suis le groupe au sol. Nous avons atterri dans une zone non peuplée de la planète près d'un bosquet d'arbres mur-eck.

Le fruit sera la partie facile, c'est le venin de serpent qui sera plus difficile. Mais le Dr Daneth a dit qu'avec un nouvel approvisionnement, on pourrait retrouver la formule.

Je suis passé en mode guerrier, j'observe tout, pendant que nous surveillons le périmètre et récupérons des fruits et des graines pour que nos agriculteurs puissent en faire pousser sur Zandia.

— J'avais raison.

Ils ont gardé le même emploi du temps, murmure Taisha d'une voix tremblante.

— On ne les verra pas du tout, les Ocretians ni... Mes am... les humains.

Et je réalise avec un éclair de lucidité qu'elle n'est pas véritablement ravie.

— C'est le seul moyen.

Je fais un signe de tête à mon fantassin pour qu'il referme le sac rempli de fruits mûrs.

— Si nous sommes découverts, nous sommes morts, je précise d'une voix forte et ferme. Nous n'avons pas de temps pour un crochet.

Elle se redresse.

— Je le sais. C'est juste...

Elle semble se balancer avant de se stabiliser.

— Revenir ici est plus difficile que je l'imaginais.

Je suis déchiré entre une réelle envie de le consoler et le besoin de poursuivre la mission comme prévu. Je lui serre la main.

— Tu peux le faire.

Je me rapproche et la regarde dans les yeux. Sa peau brune aux reflets dorés brille sous les rayons du soleil et ses boucles sont soufflées par la brise. J'aimerais lui toucher le visage. Mais je ne peux pas.

Je n'ai pas le temps de la réconforter, alors j'espère que mes paroles lui transmettent toute la confiance que j'ai en elle.

— Dis-moi où trouver les serpents. Tu es la seule qui peut le faire. Pour Zandia.

Elle lève la main.

— Ils préfèrent la terre meuble le long du fleuve. C'est là qu'ils forment les creux pour leurs nids. On peut y aller maintenant, puisque toutes les esclaves sont dans un périmètre plus au sud pour la récolte. Elle pointe une étendue scintillante vers l'orée d'une forêt qui plane à l'horizon. Elle hésite.

— Derrière les arbres. Bien qu'il y ait toujours des gardes qui patrouillent.

Je fais un signe de tête à notre propre sentinelle zandianne, qui porte son arme, prêt à l'usage, et il indique à un autre soldat qu'on devrait apporter le matériel que Taisha a demandé.

— Partons. Suis et protège.

Taisha marche rapidement, elle regarde les alentours, elle prend un chemin utile qui passe par de basses collines et falaises rocheuses jusqu'à ce qu'on atteigne une zone couverte d'herbes menant à un fleuve tortueux. Puis elle s'arrête net.

— Tu vas bien ?

Je lui touche l'épaule.

Elle se fige et fixe devant elle.

— C'est ici... qu'il est tombé. Celui que j'ai sauvé. Où lui, et plus tard moi, sommes presque morts.

— Grâce à toi, le fleuve contient la vie.

J'ignore où j'ai trouvé ces paroles. Elles sont plus poétiques que celles dont j'ai l'habitude, mais je ressens leur véracité.

— N'aie pas peur.

Elle se retourne et rive son regard sur le mien, l'intensité de ses yeux est saisissante. Elle acquiesce.

— Merci.

Un garde intervient.

— Serpent !

Il fait un pas en arrière.

— Attention, il est en colère.

La créature striée brun et gris, sinueuse, se roule en boule, lève son étroit museau triangulaire et sa langue rouge vif s'agite dans les airs.

— Oui, c'est le bon, annonce Taisha tendue. Vous devez couper la tête d'un coup sec. Du moins, c'est comme ça qu'on a toujours fait. Et pour que tout se déroule bien, on doit faire les choses aussi fidèlement que possible.

— Je comprends. Les yeux du garde sont rivés sur le serpent.

Les guerriers zandians n'ont peur de rien. Mais le reptile est une nouvelle entité et nous ignorons comment il va réagir.

Je lève une main.

— Observe d'abord avant de le tuer pour avoir une coupure nette.

Il acquiesce, puis brandit son épée. Il hésite une fraction de seconde et la vipère s'enfuit d'un coup, disparaissant dans un petit trou dans la terre.

Bordix. Maintenant, on doit attendre pour en dénicher un autre.

Les minutes filent et le soleil commence à baisser à l'horizon.

— On doit en trouver un, j'annonce en regardant les alentours. Ou partir.

Mais aucun serpent n'apparaît.

Taisha prend une inspiration.

— On peut les attirer dehors, dit-elle. Agitez l'herbe comme ça.

Elle utilise ses bras comme si elle imitait une faux et bouge ses pieds sur les bosses de terre.

— Ça les dérange, explique-t-elle. C'est pour ça qu'on déteste venir près de la rivière.

— C'est trop dangereux pour toi, je proteste en me renfrognant. Tu ne portes pas de protection.

— Nous manquons de temps. Regarde, je vais t'en apporter un. Tu verras. Ils arrivent toujours à plusieurs quand on doit travailler ici – haaa !

Elle saute en arrière. Par les étoiles, c'est le plus gros serpent que j'ai croisé. Il se dresse immédiatement, en sifflant, et le garde brandit son épée.

Mais Taisha secoue la tête.

— Elle est trop courte. Il pourrait te percer avec ses crocs.

Alors, elle prend une grande inspiration et tend la main.

— Laissez-moi faire. Je vais le faire comme on l'a toujours fait. Mais s'il vous plaît, apportez-moi la houe qui est contre la vieille bûche. Je pourrai le faire qu'avec quelque chose dont j'ai l'habitude...

Elle garde les yeux rivés sur le serpent, mais elle pointe derrière elle, un endroit où quelques outils ont été abandonnés, attendant que les esclaves humains reviennent.

Le garde me questionne d'un coup d'œil. J'acquiesce, alors il prend l'instrument en fer et lui donne.

Et à peine a-t-elle attrapé la houe rudimentaire qu'elle élance son bras à la vitesse de l'éclair et abat la lame.

— Je l'ai eu ! Regardez !

Elle rit de plaisir.

— J'ai réussi ! Regardez.

Elle pointe du doigt, puis elle se tourne vers moi et la sentinelle, avant de revenir vers le serpent agité par les derniers soubresauts de la mort.

— Ne laissez pas le venin vous toucher, vous ou vos vêtements. Enveloppez la tête dans un sac à l'épreuve de l'humidité, je vais jeter le corps dans le fleuve.

— Je peux voir que tu as fait ça quelques fois.

Je lève un sourcil. Mon cœur bat la chamade avec l'adrénaline et le soulagement.

— Encore mieux, regarde ça.

Elle se baisse et prend de la terre entre ses mains.

— Des œufs. Emportez-les avec. On pourra les faire éclore et constituer un élevage sur Zandia.

— *Bordix*, heureusement qu'on t'a emmenée, je marmonne.

Sans son aide, jamais je n'aurais trouvé les serpents et les œufs aussi vite.

— Tu me surprends chaque fois par ton ingéniosité.

Par la véritable étoile de Zandia, je vous jure, cette humaine se surpasse quand on lui demande quelque chose.

Mais j'ai hâte de la ramener à l'abri. Aucun de nous n'est en sécurité ici, et il est vital qu'on parte avant que quelqu'un découvre notre venue sur la planète.

Alors que nous approchons de notre vaisseau, Taisha regarde par-dessus son épaule. Comme si elle escomptait, contre toute attente, voir ses amies au moins une fois.

Je lui touche le bras.

— C'est comme ça qu'on les aidera. C'est le seul moyen.

Bordix, si c'était possible, j'aimerais tuer tous les maîtres ocretians et sauver chaque humain.

Ce n'est pas le moment.

— Je sais. Je... J'espère juste qu'elles vont bien, murmure-t-elle.

En voyant l'envie dans son regard, je souhaite simplement la serrer contre moi.

Mais ma courageuse humaine redresse les épaules et

commence à avancer vers le seuil de notre vaisseau quand un Ocretian sort de derrière une de ses ailes.

Je dégaine mon épée et je glisse en même temps une jambe derrière les siennes pour le faire tomber au sol. Pendant sa chute, je me rends compte que sa stature est plutôt petite. Il est moins grand que la moyenne des Ocretians. La pointe de ma lame trouve sa marque, juste en dessous du menton du mâle.

— Non. Attendez ! s'écrie Taisha, haut et fort.

Les autres guerriers avec moi ont tous sorti leur épée et leurs fusils laser. L'Ocretian n'a aucune chance contre nous, et d'après ce que je peux voir, il semble seul.

— Baissez vos armes. Ne lui faites pas de mal, lance Taisha.

Son ton est tellement sûr, si pur. Je ne l'ai jamais entendue comme ça. Dressée ainsi, avec ses boucles formant une sorte de halo autour de sa tête, sa forme glorieuse, grande et fière, elle ressemble à une déesse issue de la mythologie.

— Tu n'as aucune autorité...

J'interromps Domm.

— Laisse-la parler.

Je n'en ai pas plus qu'elle, c'est lui le capitaine. Mais je lui fais confiance.

— Tu connais ce garde, Taisha ?

Elle vient à ma hauteur, son corps effleure le mien.

— Ce n'est pas un garde. C'est le fils du maître.

— Le jeune dont tu m'as raconté l'histoire ?

— Oui. Il est le seul être vivant à m'avoir vue partir de Romon-3. Il ne nous fera pas de mal.

— Comment peux-tu en être sûr ? demande Domm.

— Je fais confiance à son jugement.

C'est un choc pour moi également d'apprendre qu'un

Ocretian était au courant qu'elle avait quitté Romon-3. Voilà l'information qu'elle me cachait. Mais je sais aussi combien elle estime son lien avec Leylah.

— Je lui fais confiance.

Et c'est vrai. Taisha est quelqu'un de bon, j'en suis convaincu du plus profond de mon être. Si elle a conservé ce secret, c'est qu'elle devait avoir une raison valable.

— Il s'appelle Marshan. Je lui ai sauvé la vie une fois et il en a fait de même avec la mienne. Il m'a laissée m'échapper de Romon-3 et il ne l'a dit à personne. Il m'a couverte. Je ne crois pas qu'il nous veuille du mal.

Elle avance et tend une main à l'Ocretian.

— Tous les Ocretians sont malveillants. C'est un piège ou une erreur si tu penses autrement, intervient Mirelle, parlant en fonction de son expérience.

— Je suis d'accord. On ne peut pas suivre notre instinct avec lui.

Domm appuie sa compagne.

Ma propre intuition est alignée avec celle de Taisha, mais la logique me rend incertain.

— Je ne suis pas venu pour vous arrêter.

Le jeune parle ocretian, mais avec un accent curieusement musical. Quand je le regarde de plus près, je vois une altération autour de ses yeux. Ils sont étrangement bleus et plus ovales que les traits typiques des Ocretians.

— Marshan.

— Taisha.

Ils se fixent et on retient tous notre respiration.

— Qu'est-ce que tu fais ici ? demande Domm.

— J'aimerais quitter Romon-3 avec vous. Je dois partir d'Ocretia.

Il montre sa poitrine où l'insigne brille. Devant nous, il l'arrache de sa veste et le jette par terre.

— Je renonce à la manière de vivre des Ocretians. Je suis à moitié Wark et je souhaite rejoindre leur coalition.

Tout le monde est abasourdi par le déroulement des opérations.

— Wark ?

Je me penche en avant pour mieux l'examiner.

Puis je le vois.

— Tes yeux. Ils ne sont pas ocretians.

Il incline la tête.

Taisha a un cri de surprise.

— Ils étaient différents dans le fleuve. Mais tu étais Ocretian. Maintenant, tu as changé.

Elle fait un pas vers lui.

— Comment est-ce possible ?

Il lève le menton.

— C'est dans mes gènes.

— Explique, demande brusquement Domm. Parce que pour moi c'est absurde. Comment un Ocretian peut-il se métamorphoser ?

Marshan se touche le visage.

— Je ne savais pas que je n'étais pas un Ocretian de sang pur. Que ma mère était Warke. Par contre, je me sentais à part, même si je ressemblais physiquement aux autres, et mon père ne me faisait pas confiance.

Je suis captivé. Je n'avais jamais entendu une chose pareille.

— Les gènes warks ne se dévoilent pas toujours chez les métis, ils restent dormants jusqu'à la puberté. Soit ils meurent avant que le jeune atteigne sa maturité, soit ils prennent le dessus. Habituellement, ils disparaissent, si un être avec une hérédité warke grandit au sein d'une espèce différente. Mon père a prévu de me transformer en pur Ocretian, puisque je suis son fils unique et qu'il est incapable d'en concevoir d'autres. Il a tué ma mère et a obtenu une femelle ocretianne pour m'élever en espérant étouffer la moitié dormante.

Même si je déteste les Ocretians, je ressens de la compassion pour sa situation, surtout parce qu'il ne semble pas – contre toute attente – vraiment Ocretian, après tout.

Il poursuit.

— Mais il n'a pas réussi. Au cours de la rotation planétaire où Taisha m'a évité la noyade, j'ai découvert qu'il y avait quelque chose de différent chez moi – quelque chose que j'aimais – et j'ai voulu le libérer. Depuis, à chaque rotation planétaire, je sens mon côté wark prendre de l'ampleur. Je dois m'enfuir avant que ça ne se remarque et qu'on m'assassine.

— Je ressentais qu'il y avait quelque chose chez toi. J'en étais convaincue au plus profond de moi, souffle Taisha. C'est pour ça que tu m'as secourue.

— C'est pour ça que tu m'as sauvé, réplique-t-il en clignant ses yeux intelligents. Tu as pu voir que j'étais différent presque avant que je le sache moi-même.

Puis il me donne quelque chose.

— Leylah m'a demandé de te montrer ça le moment venu. Elle m'a dit de la garder dans une orange pour la rendre brillante. Pour qu'elles soient pareilles. Je n'ai pas compris.

— Leylah t'a parlé ? Quand ?

Taisha tremble. Ses yeux, toujours rivés sur Marshan se remplissent de larmes.

— Lors de la rotation planétaire où elle est morte. Celle où tu es partie. Elle m'a trouvé quand j'étais seul et l'a glissée dans ma main.

Il tend la chose à Taisha.

Taisha déplie ses doigts, comme une fleur, et révèle une

pièce aussi. Elle la lève et nous les voyons toutes les deux. Identiques.

— Elle en avait deux, murmure Taisha. Je n'en avais aucune idée.

— Comment as-tu su qu'on serait ici ? demande Domm.

Après tout, ce n'est qu'un enfant.

Marshan secoue la tête.

— Leylah m'a dit que je sentirais quand le moment serait venu. Et ç'a été le cas.

C'est une chose étrange, mais quand il parle, son visage semble vaciller et changer. Un jeu de lumière ? Après les quelques minutes au cours desquelles on a discuté avec lui, sa mâchoire paraît plus étroite. Sa peau a pris une teinte d'un bleu plus clair au lieu du gris des Ocretians.

Il grimace.

— S'il vous plaît... Vous pouvez m'emmener chez les Warks ?

Il lève la tête et rive son regard sur celui de Domm.

— Durant l'une de ces rotations planétaires, on sera votre allié dans cette galaxie. Mais on n'a pas beaucoup de temps. Ma métamorphose se fait rapidement depuis que je l'ai reconnue et je la laisse se produire. Je dois les rejoindre pour qu'ils puissent m'aider à la contrôler. Je vais mourir si je n'ai pas la bonne intervention. Il y a un rituel...

— Je n'ai jamais entendu parler d'une telle chose.

La voix de Domm est pleine d'émerveillement. De doutes. De confusion.

Je ressens aussi toutes ces choses.

— Est-ce que c'est possible ? C'est un piège ?

Quand je regarde Taisha. Je remarque qu'elle est confiante.

— Ce n'en est pas un.

Elle en est certaine.

— C'est ce que Leylah a voulu dire. Jamais il n'aurait pu savoir pour l'orange à moins qu'elle le lui ait dit. Et elle ne lui aurait pas révélé par inadvertance. Elle n'était pas du genre à donner des informations à n'importe qui.

— Si elle avait été torturée ? Il pourrait avoir tout inventé. Ce ne pourrait être que de la poudre aux yeux.

La voix de Domm change comme s'il croyait déjà Marshan.

— Il paraît encore moins Ocretian qu'avant. Par les étoiles.

Marshan se penche en avant.

— Mon existence est entre vos mains, dit-il en levant une des siennes. Épargnez-moi, s'il vous plaît.

— Que savez-vous des Warks ?

On échange tous des regards, on ignore quoi faire.

— Presque rien. Seulement que c'est une espèce supposée vivre loin d'ici, qu'ils sont neutres pour le moment, mais ils méprisent l'esclavage et ceux qui la pratique. Ce serait des génies. S'ils sont réels.

Marshan sourit faiblement, se touche le visage.

— Je le suis. Je peux vous promettre ça. Et l'esclavage est bien quelque chose que l'on méprise. Nous croyons en la liberté de tous les êtres.

— On a besoin des conseils de Zander. Appelez-le sur le communicateur.

Mais on ne parvient pas à contacter le roi. Il est trop loin et les éruptions solaires bloquent nos transmissions. Je me tourne vers Domm.

— Nous devons prendre une décision nous-mêmes. Et maintenant ?

Domm m'examine.

— Tu lui fais confiance ? Parce que moi, j'ai confiance en toi.

Je hoche la tête.

— Oui.

Je lève les yeux vers Taisha et lui sourit. Sans réserve.

Domm scrute notre groupe. Moi, les autres et Taisha. Il rive son regard sur Mirelle, qui n'est pas simplement sa coéquipière, mais sa compagne. Son amour. Celle avec qui il est lié. Je ne peux qu'imaginer la confusion qu'il doit y avoir dans son esprit en ce moment. Il doit prendre une décision qui va impliquer non seulement la sécurité de son équipage, mais aussi de Zandia, aujourd'hui et à l'avenir.

Je lui ai fourni les indications que je pouvais. Je lui fais un signe de tête pour lui donner des encouragements.

Il inspire profondément, regarde Marshan. Puis, il lève un poing avec le bras plié au niveau du cou, pour le salut formel de Zandia.

— Nous allons te conduire. Jure-nous d'être notre allié à présent et dans le futur.

Marshan imite le geste de Domm.

— Je le jure.

— Décollons de cette planète oubliée des étoiles, alors. Domm montre l'écoutille.

Je prends le Wark par l'épaule et l'escorte à l'intérieur.

— On doit quitter cet espace aérien immédiatement.

La voix de Tarak est alarmante. Il fait vaguement un signe de tête à notre nouveau passager pour le saluer.

— On ne peut pas se permettre d'être vu.

— Vas-y. Maintenant.

Le vaisseau monte, titube, puis mon corps a l'impression de s'effondrer dans un trou noir et de s'étirer dans une colonne de lumière en même temps. En quelques secondes, nous sommes à des années-lumière.

Une fois en sécurité loin de Romon-3, Domm me regarde.

— Il semblerait qu'on a un nouvel allié contre Ocretia.

— Oui.

Je contemple Taisha, attachée dans son siège près de Marshan, engagée dans une conversation.

Les yeux de Domm sont profonds et fatigués. Je peux voir qu'il pense à ce qu'il dira à notre roi – cet étrange et extraordinaire changement dans le cours des évènements.

Mais je sais que nous avons fait le bon choix. Je l'observe sur le visage de Taisha, quand elle me regarde de l'autre côté du vaisseau.

Elle a confiance en son intuition et en sa prophétesse, Leylah. Elle a un instinct inné, un peu comme celui de notre reine. Peu importe les aptitudes cachées dans son corps frêle, cela la rend miraculeuse. Tout à coup, je me rends compte du génie de Zander. Comment a-t-il pu sentir que les humains pouvaient être un si beau cadeau pour Zandia ? Qu'en nous associant avec leur espèce, on pouvait accomplir bien plus de choses que tout seuls ?

Je ressens une telle vague d'émotion que j'en reste étourdi un moment. Ce que j'ai fait là-bas, la soutenir sans avoir de données tangibles, ne s'apparentait à aucune de mes actions passées. Rien n'était factuel. Mais je sais que c'était précisément le bon choix. Et ce soir, je vais faire comprendre à Taisha ce qu'elle représente pour moi.

CHAPITRE SEIZE

T *aisha*

— D'ici à ce qu'on distille le venin du serpent et qu'on séquence la fabrication chimique, on a seulement assez de sérum pour un essai de plus, me dit Bayla quand j'entre dans le laboratoire au cours de la rotation planétaire suivante.

Je comprends que la décomposition des éléments peut prendre des semaines, voire des cycles lunaires.

— Ce serait bien si on y arrivait plus tôt...

— Pourquoi ça ne fonctionne pas ? On a la bonne toxine, et les fruits. Qu'est-ce qui cloche ? je m'exclame avec frustration.

Dès notre retour sur Zandia avec Marshan, une nouvelle délégation a été formée pour le ramener en sécurité auprès des Warks et y établir une alliance diplomatique. Et moi, je suis revenue travailler au labo, en utilisant le venin et les fruits de Romon-3 pour essayer de copier la création de Leylah.

— J'aimerais réussir tout de suite. Du premier coup. Comme elle l'a fait.

Je regarde la pièce, elle est devenue une seconde maison. Je me suis maintenant familiarisée avec le microscope et les fioles d'extraction, tellement plus raffinés que les outils de Leylah. Pourtant, on a été incapables de reproduire la formule. Toute cette technologie ne peut imiter ce qu'elle a fait devant un feu fluctuant et des instruments rudimentaires.

— On va y arriver, avec des essais et des erreurs.

Le ton de Bayla est calme, mais je peux sentir la tension derrière sa bonté. Nous savons tous qu'il est vital qu'on le crée, et vite.

— J'ignore ce que je rate.

De la douleur et du désarroi grandissent en moi.

Je soupire. Puis je glisse une main dans ma poche et touche la pièce. Pour le moment, elle ne m'a pas aidée à voir autre chose que ce que j'ai devant moi, mais c'est devenu une habitude. Je la serre fort pour tenter de relâcher ma colère.

— Essaie de te rappeler de n'importe quoi qu'elle aurait pu te dire. N'importe quoi pouvant être utile.

N'importe quoi pouvant être utile. Ce n'est pas ce que je fais depuis mon arrivée ? Ce qui me distrait aujourd'hui, mis à part ma déception au laboratoire, c'est que le roi Zander ne m'a toujours pas donné le droit d'asile.

J'étais vraiment persuadée après la dernière mission, quand je suis revenue de Romon-3 avec les vipères et que j'ai ensuite aidé à créer une coalition avec Marshan, que Drayk irait immédiatement demander ma liberté.

Mais il ne l'a pas fait. J'ignore quoi faire de plus, mais il est évident qu'il attend encore quelque chose de moi. Ce doit être le sérum.

J'en ai tellement marre de vivre sur le fil, sans savoir de quoi mon avenir sera fait. Je n'en ai pas assez fait pour prouver ma valeur ?

— J'essaie.

Des larmes me montent aux yeux et je les ravale avec inquiétude.

— Je suis désolée. Ça n'aide pas.

Bayla soupire, pose ses instruments et retire ses gants.

— Oh, ma douce Taisha. Tu as traversé tant de choses. Je sais combien tu travailles dur.

C'est comme si elle pouvait lire dans mon esprit et connaissait mon besoin d'avoir des réponses.

— Tout Zandia parle de toi et de tout ce que tu as accompli. Tu es un véritable cadeau pour notre planète.

Je renifle.

— Je suis toujours en détention.

Elle détourne les yeux.

— Je suis sûre que c'est une simple formalité maintenant, non ? Tu as de la valeur, Taisha. Pour moi et pour beaucoup d'autres. Sois-en persuadée. Ce n'est qu'une question de temps.

Elle me touche l'épaule. Elle est sincère.

— Je ressens tellement de rage contre les Ocretians. Si seulement je pouvais les enfermer, je suis certaine que je pourrais en abattre un millier en une seconde. On n'aurait pas besoin de cette stupide potion.

Je me frappe la tête à deux main et grogne.

— Taisha, arrête, dit-elle en riant, mais elle semble inquiète. On les déteste tous. Mais tu sais quoi ? Je t'aime. Zandia aussi.

— Vraiment ? Tu en es sûre ?

Je la fixe.

— Tu as écouté ce que je t'ai dit sur combien tu es géniale ?

Elle lève les yeux au ciel.

Je suis sur le point de répondre : « Mais pas pour Drayk. » Ce n'est pas le moment. Et franchement, je ressens tellement d'émotion en entendant que j'ai de la valeur.

Je souris à Bayla et soudain, les paroles de Leylah me traversent l'esprit.

— L'amour est plus fort que la haine.

— Quoi ?

— Leylah a dit que nous pouvions aller plus loin avec l'amour qu'avec la haine. C'est ce dont je devais me souvenir, je pense.

Un flash. Quelque chose me revient, des bribes de conversations qui oscillent sur des plages de couleurs violettes et bleues.

— Ça nous aide comment ?

Bayla secoue la tête.

— Peut-être que je ne me concentrais pas sur la bonne chose.

Je retouche la pièce. Elle est froide et stérile, alors je prends la main de Bayla.

— Je ne sais pas ce que je fais, j'admets. Mais peu importe ce qu'on fait, on doit se focaliser sur les personnes qu'on sauve. Sur l'aide. Pas sur ceux qui nous ont blessés.

Elle bat des cils en me regardant.

— Ce n'est pas ce qu'on fait déjà ?

— Toi, peut-être. Mais pas moi.

Je ferme les yeux. Je me laisse ressentir mes sentiments pour Leylah et je repousse toute la colère qui l'accompagne. Je pense à ce que me fait éprouver Drayk lorsqu'il me serre contre lui la nuit, quand je suis enveloppée dans ses bras forts. Je me concentre sur Bayla, sur combien je l'aime, et comme il est important qu'on récupère ses enfants.

Mon esprit tourbillonne et j'ai soudain l'impression de me retrouver à nouveau dans les baraquements avec Leylah. Tout mon corps se réchauffe.

De la chaleur.

Mes yeux s'ouvrent d'un coup.

— De la chaleur ! On doit augmenter la température de la solution pendant qu'on les mélange. C'est ce que j'ai oublié.

— Par la Terre ! s'exclame Bayla tremblant d'excitation. Faisons-le. Chaud comment ?

Je secoue la tête.

— Autant que trois charbons fumants à cette distance de la fiole.

Je montre l'écart avec mes doigts.

— Je ne connais pas les chiffres, mais je peux le reproduire précisément. Te faire voir comment Leylah procédait.

— Je vais demander au Dr Daneth de venir. Il va nous aider à vérifier les calculs. Je veux que l'on contrôle deux, voire trois fois.

Quelques instants plus tard, son compagnon arrive en marchant d'un bon pas. Il recommence nos équations et acquiesce.

— C'est juste.

Je retiens mon souffle quand Bayla renfile ses gants et ses lunettes de protection pour mélanger les ingrédients au-dessus de la source de chaleur : une flamme d'une blancheur absolue qui brûle à partir de gaz compressés, qui parviennent dans le laboratoire par des tuyaux sous le bâtiment.

La couleur change sous mes yeux pour concorder avec la solution dans les fioles que j'ai prises avec moi.

— Arrête. C'est prêt.

Bayla retire le réchaud avec une pince en métal.

— Voilà.

— Regarde si ça coïncide.

Le Dr Daneth se penche en avant.

Bayla met une goutte du liquide obtenu dans la machine de chromatographie gazeuse et la fait tourner. Elle pointe du doigt.

— Les données. Elles correspondent parfaitement. La signature chimique est identique à celle qu'elle a apportée.

— On a réussi !

Le Dr Daneth enregistre tous les résultats sur le communicateur à son poignet.

— Je vais en informer le roi Zander immédiatement. Il va déterminer si, et quand, on commencera la production de masse.

Bayla met un capuchon et range tous les contenants, retire ses gants et se lave les mains.

Son visage rayonne quand elle se tourne vers moi.

— Taisha, on a réussi !

Je tremble de joie.

— Oui. C'est un miracle.

— Non. C'est l'ingéniosité humaine et zandianne.

Elle me prend dans ses bras.

— Tu t'es souvenu. Je l'ai recréé en utilisant tes instructions. Le Dr Daneth nous a fourni le bagage chimique et les connaissances pour rendre ça possible. C'est un travail d'équipe.

Je la serre contre moi en retour.

— Va avec lui. Je vais terminer ici et rentrer à mon domicile.

— Tu es sûre ?

Mais elle a envie de partir avec lui. Tout son corps penche dans cette direction.

— Promis, je regagnerai directement la maison. Je ne ferai rien que pourrait désapprouver Drayk.

Il m'a récemment autorisée à marcher sans être accompagnée. Je suis comme une enfant qui grandit. Je souris et lui fais un clin d'œil.

Son visage se plisse, comme si elle voulait me dire quelque chose, puis elle acquiesce simplement.

— Je te fais confiance. Merci.

Elle se précipite derrière lui.

Seule, je suis folle de joie. Puis, je me sens mal. Pourquoi je ne m'en suis pas souvenu plus tôt ? C'était une partie tellement essentielle du processus. Comment ai-je pu l'oublier ? Mais au moins, j'ai fini par la retrouver... Ça doit compter.

Je pousse un long soupir. Ce sera peut-être une preuve suffisante pour que le roi Zander m'autorise à rester sur Zandia. Si les étoiles le veulent, il décidera de me donner le droit d'asile, parce que j'en suis au point que je ne sais plus comment lui prouver que je le mérite.

Un cliquetis me fait sursauter et j'examine les alentours.

Cela vient de la valve de gaz.

Mais elle ne devrait pas vibrer. Elle ne devrait pas trembler comme si elle essayait de retenir une force trop puissante. Je tends la main pour la refermer. Je vais dire à Bayla et au Dr Daneth qu'il faudrait la vérifier demain...

Un son retentissant se produit, ressemblant à celui d'une bombe, et tout devient blanc, comme de la neige ou quand on regarde directement le soleil. Des fusées s'élancent autour de moi et ensuite il y a des flashs et des flots rouges. Je crie aussi, sans m'arrêter, puis tout est noir.

CHAPITRE DIX-SEPT

D*rayk*

— C'était quoi, ça ?

Le boum était presque sonique.

— Il n'y a pas d'entraînement de tirs au cours de cette rotation planétaire. Je regarde par la fenêtre du palais.

— C'est inquiétant, mentionne le roi Zander en me rejoignant.

— Ça ressemblait à une explosion...

— C'est étrange.

Bayla fronce les sourcils. Elle et le Dr Daneth nous racontaient pour la toxine. La façon dont elle et Taisha ont répliqué la formule de Leylah.

— Ça ressemblait...

Son visage pâlit.

— Oh, par la Terre, c'était le laboratoire ?

Un silence.

— Taisha est toujours là-bas.

— La valve de gaz, lance le Dr Daneth alarmé. Elle a dû

céder. C'est la seule chose qui a pu causer un bruit aussi fort.

— Tu veux dire que le labo a explosé ?

Je n'arrive pas à croire ce que j'entends.

— Taisha ! je hurle en courant le long du couloir.

Quand j'atteins le bâtiment qui est juste à quelques centaines de mètres du palais, des êtres se rassemblent déjà autour. Une équipe de prévention des incendies est là, mais je ne me préoccupe que d'un être.

— Taisha ! Où es-tu ? Taisha !

Je me précipite vers les décombres, repoussant la poutre du mur qui encadrait le plafond.

— Taisha, où es-tu ?

Bordix, je ne la vois nulle part. Ma courageuse petite humaine. Ma femelle.

Un grondement précède l'effondrement d'une autre paroi.

— Taisha !

J'entends un gémissement et je cours à toute vitesse vers le métal et le plâtre pour l'atteindre.

Où peut-elle être ?

— Taisha ? Où es-tu ?

— Drayk !

Un faible son semblant venir de sous le sol.

Je regarde à travers la fumée et les flammes, mais je ne trouve rien.

— Drayk. En dessous.

— Où es-tu, Taisha ?

Je soulève un placard tombé. Oh, *bordix*.

Elle est piégée sous les gravats. Elle est si immobile, les yeux fermés et je me revois sur Fonquin devant la scène où elle avait laissé le communicateur et les disques brûlés à sa main pour sauver la mission. Ma douce et courageuse femelle.

En rugissant, je les retire de son corps fragile et je la prends dans mes bras.

— Pas encore, je gémis. Dis-moi que tu n'es pas blessée.

Ses paupières s'agitent.

— Ça va, dit-elle en toussotant.

— Non, ce n'est pas vrai, je la contredis en marchant rapidement pour la sortir des décombres. *Bordix*, Taisha. Où tu as mal ?

Elle tousse.

— Franchement. Il n'y a pas de soucis à se faire. J'ai seulement eu peur. Être piégée m'a rappelé quand j'ai failli mourir sur ton vaisseau. Mais je savais que tu viendrais pour moi.

— Bien sûr que je suis là pour toi.

Je lui caresse les cheveux, retirant ses boucles de son visage. Je pose une main sur sa joue.

— *Bordix*, tu as une entaille. Je dois t'emmener au centre médical.

— Je vais bien. Il n'y a que ça.

Elle touche sa tempe qui saigne en grimaçant.

— Mais ce n'est qu'une égratignure. Je veux rentrer à la maison.

À la maison.

Quelque chose se serre dans ma poitrine. Elle a appelé mon domicile la maison.

C'est ce que les humaines font – elles se lient. S'installent. Se rapprochent. Je résistais à ce lien, pourquoi ? Ma carrière ?

J'ai cru que je l'avais perdue et ce sentiment était insupportable.

Si elle mourait, je ne pourrais pas tourner la page. Tout

ce que je pensais important – l'honneur, mon travail, même l'intérêt général de Zandian – rien de tout ça n'en a.

Rien n'en a autant que cette belle femelle dans mes bras.

— Je vais t'emmener à la maison, petite humaine, je lui promets en me dirigeant vers mon aéroglisseur. Tout de suite.

Elle blottit son visage contre mon cou, se niche contre moi, et tout semble aller dans ce monde.

<hr>

T*aisha*

Drayk me porte jusque dans son domicile, mais il refuse de me poser. Après m'avoir transportée vers les placards pour me prendre un jus sucré et un morceau de fruit, il s'assoit sur le canapé avec moi sur les genoux et me nourrit.

— Je vais bien, je lui assure en lui caressant la joue. Promis.

Je trouve étrange que les Zandians n'aient aucune pilosité faciale contrairement aux humains mâles.

Il fronce toujours les sourcils, comme il le fait depuis qu'il m'a dénichée parmi les décombres. Il me regarde avec un air absent.

— Tu aurais pu être tuée, Taisha. Je ne comprends pas comment tu as pu survivre.

Je prends un peu de jus.

— Ça aurait pu arriver. Mais ce n'est pas le cas. Tu m'as trouvée.

Il se lève et me transporte dans la salle de bains où il me

pose sur le comptoir et écarte délicatement mes vêtements en lambeaux.

Quand il enlève sa propre tunique, l'énergie monte entre nous. Mes mamelons se redressent devant sa silhouette sculptée. Il retire ses bottes et son legging. Je le regarde dans toute sa gloire. C'est la première fois que je le vois nu et, par les étoiles, waouh !

Il est énorme. Une armoire de muscles et toute son attention concentrée sur moi.

— Viens là, ma belle, murmure-t-il en me portant de façon à ce que j'aie les jambes autour de sa taille. Allons te nettoyer.

Il me transporte dans le tube de lavage et me tient quand l'eau coule et repart. Les petits jets d'huile aromatisée recouvrent nos corps.

J'enveloppe son cou de mes bras et je me hisse plus haut, laissant mes seins effleurer son torse, j'essaie d'aligner son sexe avec mon entrée.

Il prend une brève inspiration et il n'en faut pas plus.

Il perd le contrôle.

En un éclair, je suis plaquée contre la paroi et il enfouit sa verge si profondément en moi que j'ai peur qu'il me déchire en deux.

— *Bordix*, Taisha. *Bordix* !

Ses grandes mains sont sur mes fesses pendant qu'il recule les hanches pour me donner un nouveau coup de reins.

Je jette la tête en arrière et crie de plaisir.

— Oui, Drayk. S'il te plaît.

Il émet un grognement avant de venir en moi, bien fort. Je suis trop étroite et lui trop gros. Ça fait mal, mais je m'en moque.

Je n'ai jamais senti quelque chose d'aussi satisfaisant auparavant.

J'ai l'impression que toute ma vie a mené à cette réclamation épique. Comme si mon corps était fait pour le sien. Ensemble, nous devenons quelque chose d'autre. Complet et parfait.

Ses doigts s'enfoncent dans mes fesses et mon dos frappe la paroi du tube à chaque coup de reins brutal et je l'accueille. Tout semble si naturel.

Tellement bon.

Mes yeux se révulsent, mes orteils se retroussent quand j'accroche mes pieds derrière lui.

— Plus, Drayk. Plus fort. Donne-le-moi.

— Par les étoiles, Taisha, oui ! crie-t-il et ses va-et-vient deviennent plus vifs et plus rapides.

Je ne vois plus. Je ne sais plus comment respirer. Je sens seulement l'explosion imminente entre nous.

— S'il te plaît, Drayk, je le supplie.

— Oui, prends-le. Prends-le, ma belle. Maintenant.

Il rugit et s'enfonce profondément.

Je hurle ma jouissance, mes ongles plantés dans son dos, mes cuisses encerclent ses hanches.

Mes muscles internes se serrent et palpitent autour de son sexe violet, cherchant à lui pomper son essence.

Je n'ai pas envie que ça se termine et cela dit, je ne pourrais pas continuer plus longtemps.

— Drayk.

Je sanglote, le visage contre son cou, parce qu'il s'est incliné vers moi.

Il trouve mes lèvres et les embrasse.

— Taisha. Petite humaine.

— Drayk, je coasse à nouveau.

Il m'a tout donné et pourtant, j'en veux plus.

Garde-moi, j'aimerais lui dire, mais je ravale mes paroles. Je ne vais pas le supplier. Au cours d'une de ces rotations planétaires, il va comprendre qu'il a déjà perdu son habileté à être impartial.

Tout comme son cœur.

C'est la même chose pour moi.

D*rayk*

Taisha est presque assoupie, somnolente, avec un air de parfait contentement sur le visage. Mais dans son sommeil, son expression change pour devenir inquiète. Préoccupée.

— S'il te plaît, non, dit-elle, toujours endormie.

Son corps se raidit.

— Je ne peux pas. Ne me renvoyez pas !

C'est un rêve – un mauvais. Je ne sais pas à qui elle s'adresse dans son cauchemar, mais elle essaie de toute évidence d'éviter quelque chose d'affreux.

Je réalise à cet instant que je dois la libérer. Elle a trop fait pour la planète – et pour moi – pour la retenir plus long-temps. Même dans ses songes, elle lutte, ce n'est pas juste.

Je retire une boucle de son front.

— Taisha, réveille-toi. Tu rêves.

Elle remue. J'ai appris que le moyen le plus rapide de mettre fin à ces images est de discuter d'autre chose.

— Taisha, j'ai une bonne nouvelle pour toi, dis-je.

J'attends qu'elle plisse les yeux vers moi en les ouvrant légèrement.

— Je vais aller parler au roi Zander au cours de la prochaine rotation planétaire, je murmure. Je suis certain qu'il approuvera ta demande d'asile.

De la culpabilité me transperce. Il la lui aurait accordée il y a longtemps si je n'étais pas intervenu.

Mon cœur bat plus vite. Excitation ? Inquiétude ? Je ne sais pas pourquoi, mais sa réponse me rend nerveux.

Elle ouvre les yeux complètement et reprend vie, se redresse, les draps tombent de ses épaules.

— Drayk ? Vraiment ? Oh, par la Terre !

Il y a tellement de confiance dans son expression, de joie, que je peux à peine le supporter.

Je devrais lui dire la vérité – qu'elle aurait dû être libre bien plus tôt, mais comment lui gâcher son bonheur. Alors j'hésite.

Elle enveloppe mon visage entre ses paumes.

— Tu le penses sincèrement ? Il va me l'accorder ?

Je m'éclaircis la gorge.

— Hmm, oui. J'en suis assez convaincu.

J'en suis sûr.

— Je pourrai vivre ici pour toujours ?

Elle pose une main sur sa bouche et soudain, des larmes coulent à flots.

— Oh, par la Terre, comme j'en ai rêvé, murmure-t-elle.

Tout son corps en tremble.

— Depuis si longtemps, ajoute-t-elle. Oh, c'est comme si on m'avait exaucé un vœu.

Devant ses pleurs, je suis horrifié. Par les étoiles, souffrait-elle réellement en attendant cette nouvelle ? *Bordix*. Je n'avais aucune idée de combien ça pouvait être difficile pour elle.

D'un côté, ça ne l'était pas pour moi, parce que je savais qu'elle méritait l'asile... Et que j'allais donner ma recommandation au roi Zander pour le lui accorder. À un moment. Elle n'avait pas toutes ces informations.

J'émets un son, peut-être un grognement.

Elle lève les yeux vers moi.

— Oh, Drayk, ne t'inquiète pas.

Elle rit à travers ses larmes.

— Je suis heureuse, pas triste, je te le promets. C'est un tel soulagement. C'est comme si j'étais enfin... vivante.

Elle sourit et s'essuie le visage.

— Oh, ça valait le coup. Tous les sacrifices et la douleur. Leylah avait raison sur toute la ligne.

Elle se met à genoux et me chevauche, puis soulève sa chemise de nuit, révélant ses seins parfaits, ses mamelons mutins et fermes.

— Fais-moi l'amour, demande-t-elle en se penchant et en m'embrassant, parcourant mon corps avec ses mains. Rends cet instant encore plus merveilleux.

C'est le moment où je devrais me rappeler que je ne peux me laisser à être trop émotif, et que je ne pourrai jamais m'engager avec elle. Et, si je faisais ce qui est éthiquement correct, je lui révélerais la vérité sur ma tromperie.

Mais parce que je suis incapable de parler, que je ne peux trouver les mots pour lui dire ce que j'ai fait... Je la prends. Sans relâche, jusqu'à ce qu'on n'en puisse plus ni l'un ni l'autre, satisfaits de tellement de pics de plaisir.

CHAPITRE DIX-HUIT

T*aisha*

— Ma Dame, c'est un honneur de vous rencontrer.

Je m'incline, puis je me redresse et lève ma main. Comment fait-on quand on est face à la reine, la compagne du roi.

Elle rit et me serre dans ses bars.

— Oh, Taisha, appelle-moi Lamira. On n'a pas à être aussi formelles. Nous sommes toutes amies, ici.

Je suis toujours émerveillée par sa présence et je reste là, dans une position qui me paraît étrange, avec mes bras ballants de chaque côté. Puis je les croise, au cas où ça serait mieux.

— Merci de me recevoir.

— Je t'aurais vue plus tôt, mais Drayk affirmait que tu n'étais pas prête. Je me fais un point d'honneur à rencontrer tous les nouveaux humains dès que je le peux. J'étais vraiment excitée hier quand il m'a contactée pour me prévenir que c'était désormais possible.

Je fronce les sourcils.

— Oh. Il m'a dit... Peu importe. C'est certainement un quiproquo.

Sauf pour la partie où Drayk a affirmé qu'il leur parlerait. Après la nuit de plaisir et sa promesse d'aller voir Zander, j'ai tellement d'espoirs... Même s'il me sermonne sur le fait qu'il ne peut prendre une humaine pour compagne, comment pourrait-il ressentir autre chose après ce qu'on a partagé ? Après toutes ces émotions.

— Entre et assois-toi. S'il te plaît. J'ai des fruits frais à déguster avec toi. Ils viennent de la Terre – des graines dont nous avons hérité et qu'on cultive. Essaie ça – ça s'appelle un abricot.

Elle rayonne. Elle est une des plus adorables femmes que j'ai rencontrées, avec ses cheveux couleur cuivre et ses yeux verts. Mais je pense qu'elle est belle à cause de quelque chose qui irradie d'elle – une gentillesse, peut-être, une étincelle.

J'oublie mes complexes et m'installe dans le siège qu'elle me propose.

— Par les étoiles, c'est délicieux. Un abricot ? je demande avec le sourire. Je pourrais en manger à toutes les rotations planétaires.

Je regarde autour de moi, curieuse de son mode de vie. Le salon est rempli de couleurs – si différent du gris et du brun des Ocretians. Le plâtre des murs est teint – pas peint – ce qui lui apporte un jaune riche. Un autre penche vers le turquoise et le bleu vert. Le plafond est haut avec des fenêtres pour laisser entrer la lumière de l'étoile zandianne.

Seulement être ici me rend heureuse.

Je ressens soudain un élan d'amour et de gratitude. Je suis dans les limbes depuis mon évasion de Romon-3. J'avais peur d'imaginer que je pourrais être libre. Intégrée, comme Leylah me l'avait promis.

Mais maintenant, la vie prend un sens. Drayk se soucie de moi. Il va parler au roi pour lui dire que je mérite ma place. Et la reine semble si gentille. Je n'arrive pas à croire qu'elle prendra parti pour moi également. Je me fais des amies et je suis prête à embrasser ma nouvelle existence. Je ne me suis jamais sentie aussi bien.

— Je veux entendre ton histoire. Tout ce que tu souhaites partager.

Elle me prend dans ses bras et me sourit, comme si son étincelle correspondait au sentiment de mon cœur.

Je ressens une petite flammèche quand elle me touche.

— Oh !

Je pousse un cri de surprise et je me dégage aussitôt.

Elle l'a remarqué.

— De l'électricité statique ?

— Peut-être. Je ne sais pas.

Je mets la main dans mon sac et sors la pièce. Je la serre encore une fois, juste au cas où, mais rien ne se passe. Je la lui tends en prenant une grande inspiration.

— Je t'ai apporté quelque chose venant de loin.

J'ouvre les doigts et laisse ma paume bien plate, comme si c'était une assiette et je l'avance vers elle.

Mon cadeau.

Elle penche la tête.

— C'est quoi ? murmure-t-elle.

— Leylah m'a dit que c'était pour toi. Elle a affirmé que tu saurais quoi en faire.

Je retiens mon souffle.

— Leylah.

Sa voix est songeuse et elle ferme les yeux.

— Oui, je connais Leylah. Je l'ai vue dans mes rêves, comme si elle était de l'autre côté d'une chute et d'une pluie de lumière. Je n'ai pas entendu ce qu'elle me disait mis à part qu'une humaine arrivait. Quelqu'un qui pourrait être un atout pour Zandia, mais qui ravivrait aussi les tensions avec les Ocretians. Toi.

Je ressens un élan de fierté.

— Je suis heureuse d'être ici. Je sens dans mes tripes que je suis à ma place.

C'est vrai. Mon passé est loin derrière moi. La colère de Rannah, les foudres de mon maître ocretian, la joie de sauver le jeune, ma peur. Pour l'instant, tout ce que j'éprouve, c'est du bonheur.

— Je peux ?

Elle penche la tête, ses yeux sont curieux derrière ses cils.

— Oui, bien sûr. C'est pour toi. S'il te plaît. J'approche ma main.

Elle récupère la pièce dans ma paume et la soulève.

— Si vieille. Elle vient de la Terre ?

— Exactement. Leylah a déclaré que c'est un artéfact ayant des millénaires.

— Merci. C'est spécial.

Lamira me sourit.

— Je vais le chérir. On pourra peut-être l'exposer dans le palais pour que les humains puissent le voir et le toucher ? Pour nous connecter avec notre histoire.

— Oui, c'est une bonne idée. Mais...

Je pince les lèvres.

— Quand Leylah me l'a donnée, elle a dit qu'elle serait importante pour toi. Elle te parlera peut-être. T'apportera des visions. Des rêves.

Je remue, tape du pied.

— As-tu l'impression qu'elle veut... faire... quelque chose ?

Je retiens mon souffle.

— Vois-tu, par exemple, des couleurs ? Des images ?

Je me penche en avant.

Elle lève les sourcils.

— À partir de cette pièce ?

Nous regardons toutes les deux le petit disque dans sa paume.

— Non, du tout.

— Oh.

Ma déception est palpable.

Elle pose le morceau de métal sur la table avec un léger tintement quand il entre en contact avec la pierre, et Lamira vient vers moi, gracieuse, dans ses jupes et avec ses cristaux.

— Oh, Taisha, tu t'attendais à ce qu'il se passe quelque chose ?

Elle me touche le bras.

— Pendant si longtemps, j'ai cru que quand je te verrai et te la donnerai, ça aurait une signification époustouflante, dis-je en sentant une boule dans ma gorge. Je pensais aussi que c'était urgent.

— Qu'est-ce que tu veux dire ?

Elle me regarde avec curiosité.

— Ça n'a pas été facile de te l'apporter. J'ai eu du mal à la retrouver, je l'ai volée dans le sac de Drayk et je l'ai cachée. Je l'ai gardée avec moi tout le temps. Puis je l'ai ramenée sur Romon-3, où elle a été la clé pour convaincre les autres que Marshan était un pari sûr. Après tout ça ? Je suppose que j'en attendais plus.

J'émets un petit rire.

— Je crois que je suis un peu inquiète qu'il ne se soit rien passé. Je n'ai peut-être pas fait ce qu'il faut.

— Tu penses qu'il y aurait eu un meilleur moyen d'offrir un cadeau ? me demande-t-elle avec douceur tout en me serrant dans ses bras. Je vais le chérir parce qu'il vient de toi, et de si loin.

Je me creuse la cervelle. J'ai peut-être mal compris ce que voulait Leylah. Mes souvenirs me jouent peut-être un tour.

— Le don de la vue ne se manifeste pas de la même façon pour tout le monde. La pièce permettait peut-être à Leylah de se concentrer et de distiller ses images. Pour moi, il est augmenté par le cristal zandian.

Elle touche son collier parsemé de cristaux d'une valeur inestimable.

— Je suis désolée.

— Mais pourquoi ? Si elle t'a demandé de me l'apporter, tu as plus que tenu parole. Taisha, réfléchis. Tu t'es échappée, tu es montée à bord d'un vaisseau clandestinement, tu as survécu à des missions dangereuses, et tu es arrivée à des milliers d'années-lumière sur une nouvelle planète, le seul caillou de cette galaxie qui accueille les humains en tant qu'êtres libres. Tu as porté, d'une façon ou d'une autre, cette pièce tout le temps. Et tu l'as utilisée pour nous apporter un allié. Ce n'est pas extraordinaire ?

Elle tire un tabouret et s'assoit à côté de moi.

— Peut-être que Leylah a simplement voulu que tu la considères comme importante pour qu'elle te serve correctement ? Peut-être que le voyage était la destination depuis le commencement.

— C'est ce que tu crois ?

Elle hausse les épaules.

— Ça pourrait être la clé d'une amitié. Ou le symbole qui aidera à nous unir. Elle a affirmé qu'il était pour moi, mais il était pour toi depuis le début.

Je réfléchis à ça. Je souris.

— Ce qui aurait été très intelligent et sournois de la part de Leylah. Mais je peux le concevoir. Elle me manque.

— Je sais.

Lamira me lance un regard compatissant.

— Je... Quand tu as dit que le cristal t'aidait à avoir des visions... je commerce, en me mordant la lèvre. Ce n'est pas que j'en ai, mais parfois j'ai comme des flashs.

— Tu te demandes s'ils sont réels ?

Je hoche la tête, reconnaissante qu'elle comprenne.

— J'ai peur de ne pas être assez forte pour les pousser à remonter. De ne pas le faire correctement.

— Je pense que tu t'inquiètes trop.

Elle rit, mais son visage est aimable.

— Si tu dois devenir une divinatrice, les visions te viendront, quand le moment sera le bon. Je ne ressens pas le besoin de les extirper, explique-t-elle avant de marquer une pause. S'il y a une chose en laquelle je crois par contre, c'est que si tu es une voyante, il ne te faudra jamais quelque chose de physique ou unique, comme une pièce, pour les déclencher. Parce qu'elles viennent de l'intérieur.

Elle touche sa poitrine.

— Alors l'idée que cette vieille pièce contient le pouvoir de tes visions ? oublie-la.

— C'est très libérateur.

C'est comme sortir d'une prison. Je ris fort, soulagée par ses paroles.

Elle glousse avec moi.

— Quels genres de flashs tu as eu ? demande-t-elle prudemment.

— J'ai cru apercevoir les enfants humains de Bayla.

Je retiens mon souffle.

Elle a un cri de surprise.

— Vraiment ?

J'acquiesce.

— Je ne sais pas si c'était réel ou juste mon imagination. Et ce n'est arrivé qu'une seule fois.

— Si tu les revois, reviens me le dire. Je pourrai peut-être t'aider.

— Comment ?

Je suis impatiente d'en entendre plus. Elle penche la tête.

— Oh, je n'en ai aucune idée. Pour l'instant. Mais si tu as des lueurs, on devrait travailler ensemble si on le peut. Du moins essayer.

— Je le ferai.

Je me sens mieux d'avoir une alliée pour ça.

— Parle-moi de ton évasion. L'assassinat du garde avec la toxine.

— Tu as entendu mon histoire, alors.

J'utilise un doigt pour pousser la pièce de l'autre de la table pour qu'elle soit à quelques centimètres du rebord. Elle est froide et loin, comme elle l'avait été sur Romon-3. Seulement un peu plus brillante maintenant.

— J'en connais uniquement les mots. Parle-moi des émotions. Je sais que c'est la partie difficile.

Je peux voir sur ses traits qu'elle est sincère.

Alors on s'assoit et discute. Je partage mon histoire, petit à petit, laissant ma déception pour la pièce s'évaporer. Nos paroles et nos rires fleurissent et cela devient rapidement clair. J'ai une nouvelle amie. Je lui confie aussi ma nuit intense avec Drayk. Je sais que nous venons de nous rencontrer, mais c'est si facile de lui parler et elle se soucie réellement de moi. Elle glousse et rougit quand je lui révèle comment il m'a donné tant d'orgasmes que j'étais presque endolorie lors de la seconde fois où il m'a envoyée dans une rotation spatiale de plaisir.

Quand je me lève pour partir, Lamira m'offre un sachet de fruits.

— Emmène-les chez toi.

Elle sourit.

— Partage-les avec ton Zandian difficile.

— Comme s'il le méritait après ce qu'il a fait, je grommelle. Et il n'est pas véritablement à moi.

Ma réponse est automatique, même s'il l'est en quelque sorte. Après l'explosion au laboratoire et notre nuit dynamique ensemble, là où il était à la fois magistral et tendre, les choses ont évolué. Rien n'a été réellement énoncé à propos d'une union, mais je ne me suis jamais sentie aussi liée à lui.

Ce qu'elle dit ensuite change tout.

— Vous revenez de loin après ce début difficile, hein ?

— Qu'est-ce que tu veux dire ?

Son expression joyeuse avec son air entendu me rend confuse.

— Quand il a convaincu Zander de te mettre en détention chez lui. Ça s'est bien passé. Je suis certaine que Zander s'attend d'une rotation planétaire à l'autre à une requête...

— Je suis désolée, je n'ai pas tout suivi, je l'interromps en lui attrapant la manche. Lamira.

Je la relâche, sentant que je suis trop agressive, mais ma voix montre mon inquiétude.

— Explique-moi.

— Oh. Je pensais qu'il te l'avait dit. Oh, non.

Son visage se décompose. Elle met une main sur sa bouche.

— Raconte-moi.

Je me penche en avant. Elle soupire.

— Oh, Taisha, s'il te plaît, ne prend pas ça mal. Zander voulait t'accorder l'asile immédiatement et te permettre d'avoir un compagnon. C'est Drayk qui a demandé plus de temps pour t'évaluer. Mais ça montre que les choses sont parties dans la bonne direction, non ?

Je titube.

— Ça ne peut pas être vrai.

Son expression est pleine de compassion.

— Ce l'est, mais donne-lui une chance de s'expliquer ?

— Alors... attends. Je ne comprends pas.

Je pense avoir saisi, mais je ne veux pas me tromper.

— Depuis le début, c'est Drayk qui insiste pour me maintenir en détention ? Pas Zander ?

Elle acquiesce en silence.

—- Et c'est Drayk qui m'a poussé à croire, après tout ce que j'ai fait, que Zander ne m'estimait pas sûre pour Zandia ? Que je n'avais pas encore fait mes preuves ?

— Alors, c'était...

Je l'interromps.

— J'étais misérable. Lamira, pendant tout ce temps, j'ignorais si je pouvais rester. Où je pourrais aller si on refusait ma demande. Devais-je retourner chez les Ocretians ?

Je secoue la tête.

— Je n'imaginais pas que Zander puisse faire ça, mais je ne pouvais être complètement à l'aise ici en sachant que ça pouvait être juste provisoire. Tu arrives à voir combien c'était difficile ?

— Je suis désolée. Beaucoup d'humains ont dû vivre ça. Tu as raison, c'est misérable. Mais je pense que c'est seulement parce qu'il ressentait quelque chose pour toi.

Lamira affiche un air coupable. Ce n'est pas sa faute, bien sûr. Elle est occupée avec sa famille et ses devoirs, et je ne peux pas la tenir pour responsable si son mari autorise un de ses guerriers à me tromper. Non, celui contre qui je suis en colère c'est Drayk, et je peux sentir mon sang pulser contre mes tempes.

— Taisha, Zander sait en général ce qui est bien pour ses sujets. Ce n'est pas toujours agréable, mais ça fonctionne au bout du compte.

Elle me touche la main.

— Il se peut ce que ce soit une de ces fois.

Je secoue la tête.

— Je faisais confiance à Drayk. Et il m'a trahie.

Mon visage devient rouge. Mes doigts et mes pieds froids. Je commence à trembler. Je suis prise de vertiges.

— Même s'il se soucie réellement de moi.

— J'en suis certaine. Il me l'a montré sans détour, peut-être...

Un petit son se fait entendre contre le linteau, et quand on se retourne, on le voit, prêt à venir me chercher.

Drayk.

— Taisha ? Qu'est-ce qui ne va pas ? Tu sembles contrariée.

Il avance, les sourcils froncés, quand il aperçoit mon expression.

— On peut dire ça. Ne me touche pas.

Je lui crache les mots et lève une main pour l'arrêter.

— Qu'est-ce...

— Je vais te le dire, je lance, d'une voix tremblante d'indignation. Tu m'as menti, Drayk.

Mes yeux se remplissent de larmes pendant que je le fixe. J'espère que c'est une erreur. Une incompréhension.

Mais son regard se détourne, et en cet instant, je vois que c'est vrai. Il sait pourquoi je suis en colère, et qu'il a mal agit. Pire que ça.

— À propos de ma période de probation.

Je prononce les mots et ils restent là entre nous, une

montagne qui nous divise. Toute la tendresse de la veille était un mensonge, de toute évidence, pour créer une fondation instable.

Il se racle la gorge.

— Je peux expliquer…

Il ne termine pas.

— C'est compliqué, poursuit-il en haussant la voix. J'avais la responsabilité de…

— De me traiter équitablement, je le coupe en l'élevant encore plus que lui – je suis sur le point de crier. De me dire à moi et au roi Zander, honnêtement, si j'avais ma place sur cette planète. Et depuis tout ce temps, tu me menais par le bout du nez ? je demande en inspirant. Pourquoi ? Pour profiter de mon corps pendant que tu jouais avec mes émotions ?

— Non ! hurle-t-il avant de modérer son ton. Ce n'est pas ça, crois-moi, Taisha. Au début, oui, je ne savais pas si on pouvait te faire confiance. Mais au fil du temps, j'ai appris à te connaître, il était…

Il déglutit avant de poursuivre :

— … il était évident que…

— Que c'était une plaisanterie ?

Ma voix se brise désormais, et je peux à peine prononcer les mots.

— Te moquais-tu de moi avec tes amis, de ma crédulité ? À me regarder me plier en quatre pour prouver ma valeur sans jamais me donner une tranquillité d'esprit ?

Je fais un signe de la main.

— Après tout ce que j'ai traversé ? Comment as-tu pu ?

Il semble être au supplice.

— C'était une erreur. Je n'ai pas réalisé combien l'attente était difficile pour toi, émotionnellement. Pas au début. J'ai compris récemment comment fonctionnent les sentiments humains. Et aussi les miens, ajoute-t-il la mâchoire serrée.

— Tes émotions ?

Je secoue la tête en me frottant les yeux, remplis d'humidité.

— Grâce à toi... commence-t-il d'une voix proche de la rupture.

— Grâce à toi, je rétorque sans lui permettre de terminer, j'ai eu du temps en plus pour m'inquiéter de savoir si je pourrais un jour avoir ce qu'il faut pour avoir une vie ici.

Je le fixe d'un air accusateur.

— Même après ce que j'ai fait sur Fonquin. Et avec le sérum. Et avec Marshan. Et après tout ça, tu m'as laissé penser que ce n'était pas assez. Grâce à toi, j'ai commencé à croire... faire...

Je secoue la tête, incapable de mettre des mots sur mes sentiments. Ce qui vient ensuite me surprend moi-même.

— Je te déteste.

Il y a un silence. Drayk est abasourdi.

Je n'arrive pas à supporter toutes mes émotions. Je me tourne vers Lamira.

— Il y a un endroit où je pourrai rester ? je demande d'une voix tremblante. Jusqu'à ce que je gagne ma vie – un lieu où passer la nuit.

Elle acquiesce, l'air sombre.

— Oui. Il y a un dortoir pour les humains sans compagnon et il est assez confortable. Bien sûr, on peut te trouver une chambre là. Par contre, s'il te plaît, essaie de donner une chance à Drayk de s'expliquer...

Je secoue la tête.

— Il a eu trois cycles lunaires pour le faire. C'est terminé.

Je fusille Drayk du regard.

— S'il te plaît, pars. Je ne veux plus te revoir. Ni entendre ta voix de menteur.

Je me tourne vers Lamira.

— Il ne mérite pas mon temps. Je demande respectueusement l'asile, ma reine.

Drayk émet un son, mais ensuite il pivote et sort sans dire un mot de plus.

Lamira pose un bras sur moi pour m'apaiser, elle me tapote le dos, mais après ma crise de larmes, mes yeux sont désormais secs. C'est mon cœur qui est déchiré, déversant tous mes espoirs et mes émotions.

CHAPITRE DIX-NEUF

D*rayk*

J'ignore comment je parviens à regagner mon domicile. Je ne vois rien sur la route. Je ne me rappelle même pas le trajet. Mais dès que je pose ma paume sur le senseur de la porte, mon monde explose en mille morceaux.

Ma maison semble si vide. Ça me paraît mal.

Taisha est partie.

Je savais que cette rotation planétaire viendrait et pourtant je ne suis réellement pas prêt.

C'est ce que tu voulais, je me dis. *Tu avais planifié les choses comme ça.*

Et c'est partiellement vrai. J'avais l'intention de la laisser après les trois cycles lunaires. J'étais conscient que jamais je ne pourrai la prendre pour compagne.

Toutefois, je n'ai jamais souhaité la blesser.

Et par les étoiles, c'est ce que j'ai fait.

Cette simple idée me donne envie de m'arracher les yeux avec un ustensile fait pour manger.

Mais même si elle n'avait jamais su ce que j'avais fait –

que j'avais été contre sa demande et que j'avais requis qu'elle soit en probation avec moi – si tout avait fonctionné selon mon plan, ça aurait été mal.

Bordix, mon plan puait.

Abandonner Taisha était une erreur. Une erreur idiote. Croire que ma carrière était plus importante qu'elle.

Stupide.

Imaginer que les sentiments qu'elle éveillait en moi étaient autre chose qu'un cadeau ?

Bête.

Mais c'est trop tard maintenant.

Je l'ai blessée et jamais elle ne me pardonnera.

Elle a dit qu'elle me détestait.

Ma poitrine se serre tellement que je peux à peine respirer.

Elle me hait.

Bordix, ça fait mal.

J'aurais préféré ne jamais découvrir les émotions.

Non, c'est un mensonge.

Je ne regrette aucun moment passé avec elle.

Ce que je regrette c'est d'avoir tout gâché.

T*aisha*

Leylah me dirait d'arrêter de m'apitoyer sur mon sort. Les choses pourraient être bien pires.

Pourquoi alors, ai-je l'impression qu'on m'arrache le cœur et qu'on le bat à coup de pelle ?

Je me mets en boule dans le dortoir, le visage dirigé vers le mur, des larmes coulent sur mes joues.

Et voilà. Ma nouvelle existence. Je suis libre. Et plus une esclave. Lamira m'assure que mon asile me sera accordé. Et pourtant, j'arrive à peine à respirer avec ce point sur ma poitrine.

La perte de mon meilleur ami sur cette planète.

Mon amant.

Mon Maître.

Je l'appelais comme ça. Il me faisait ramper. Il inventait des règles et me punissait. Tout ça pour son désir malade de me garder sans me prendre pour compagne.

Pour m'utiliser avant de me jeter.

Plus de larmes coulent le long de mon nez, sur ma tempe, et m'atterrissent dans l'oreille.

Je veux mater ma colère, mais je ne cesse de trébucher.

Je me souviens de sa tendresse.

La panique sur son visage après l'explosion. La manière dont il m'a tenue serrée contre lui. Il m'a fait l'amour.

Mais non... Je ne peux continuer à espérer qu'il change d'idée et me prenne pour compagne. Il a eu sa chance.

Il l'a ratée.

C'est terminé, maintenant.

Je vais passer à autre chose. Je vais réussir à avancer sans lui.

C'est sans conteste pour le mieux.

CHAPITRE VINGT

T*aisha*

Après trois rotations planétaires, je n'ai toujours pas envie de quitter le dortoir.

Je suis enfin libre, sur un astre où les humains ont de la valeur et où ma vie en a. Je ne suis plus une esclave, pour quiconque. Je devrais être pleine de gratitude.

Pourquoi je me sens aussi vide ?

Je regarde par la fenêtre, je ne remarque pas les luxuriants arbres jaunes, parce que je ne vois que son visage.

Drayk.

Et la façon dont il s'était décomposé quand je lui ai dit que je le détestais.

Mon ventre se retourne et je grimace. Pour être franche, je ne le hais pas. Après tout ça, je crois que Leylah avait tort. Aimer un autre être ne t'asservit pas – c'est libérateur. Ce que je ressentais pour Drayk – la proximité que nous avons partagée – c'étaient les meilleurs moments de ma vie.

Oh, je déteste ce qu'il a fait. La façon dont il m'a fait

penser pendant tout ce temps que j'étais toujours évaluée. Et aussi que les choses ne soient pas plus simples.

Mais je ne peux cesser de me soucier de lui, malgré ses actes.

Mirelle vient dans ma chambre pour essayer de m'attirer à l'extérieur, mais je ne suis pas encore prête. Elle enveloppe mes épaules d'un châle.

— Tu devrais manger.

Elle a une boîte de fruits dans la main. Elle m'a aidée à m'installer dans le dortoir, elle m'a apporté quelques affaires de son domicile pour l'égailler.

Mais je suis loin d'être heureuse.

Je me reprends.

— Je n'ai pas faim. L'idée même d'avaler quelque chose me rend malade.

Elle hoche la tête et pose le contenant sur la table.

— Qu'est-ce que je peux faire, alors ?

— Rien.

Je reviens sur mes paroles.

— Tu l'as déjà fait, seulement en venant demander de mes nouvelles. En étant ici avec moi. Je suis reconnaissante pour notre amitié.

Elle me sourit et soupire.

— Je m'inquiète pour toi.

— Ça ira.

Les mots semblent creux, mais en dessous il y a une vérité. J'irai bien, au fond. Je suis sur Zandia, après tout, une humaine libre, je suis autorisée à vivre et à avoir un compagnon.

Dommage que l'unique Zandian à qui je tiens m'a trahie et m'a poussée à dire des choses cruelles. Si seulement il y avait un moyen de lui faire savoir que j'ai dramatisé. Que je ne pensais pas toutes ces choses. Que je me soucie toujours de lui.

Mais il est parti. Il m'a quittée. On ne peut sauver cette relation.

Alors – j'irai bien, mais sans joie. Pas maintenant. Peut-être jamais.

— J'ai peut-être été trop dure avec lui. Je ne lui ai pas laissé la moindre chance.

Je murmure les mots qui me troublent depuis la seconde où je les ai prononcés.

— Tu étais blessée. En colère.

Je hoche vivement la tête.

— Oui. Très. Mais il me manque tellement, dis-je d'une voix brisée. Je ne pense pas qu'il soit mauvais. Il a commis des erreurs.

— Et tu lui as dit que tu ne lui pardonnerais jamais, tant que tu vivras.

— Ne me le rappelle pas. J'ai envie de vomir.

Elle n'a pas à le faire, parce que les mots résonnent dans ma tête. Je m'entends les crier, sans relâche.

— Et maintenant, il me hait certainement en retour. Je n'ai vraiment pas été gentille avec lui.

Mirelle me serre dans ses bras et je la laisse faire.

— Oh, Taisha. Ce n'est pas facile.

— Non, en effet.

J'ignore si elle parle de ma vie spécifiquement, ou de celles des humains en général, ou de tous les êtres, mais ça ne change pas grand-chose – c'est difficile dans tous les cas.

— Mais je suis certaine que…

Elle s'interrompt quand son communicateur clignote.

— Oh oh. C'est le signal d'urgence.

— Le quoi ?

Habituellement, lorsqu'on la contacte, c'est important.

Mais même quand elle est convoquée pour partir en mission, elle n'a jamais ce taux d'inquiétude. Une spirale d'anxiété monte dans mes tripes.

— Je dois répondre.

Elle se relève et touche son oreille.

— Maître Seke ? Oui. Oui, elle est avec moi en ce moment. Ils ont dit quoi ? Oh, par la Terre.

Elle devient pâle et elle me regarde, les yeux écarquillés.

— Je comprends.

Elle n'arrête pas de me fixer.

Je me lève et je pose une main sur ma bouche, puis je les serre l'une contre l'autre.

— Qu'est-ce qu'il se passe ?

Elle ne répond pas. Elle me dévisage simplement et je vois des larmes apparaître.

— Oui, Maître. J'arrive tout de suite. Et je... l'emmène avec moi.

Elle appuie sur son communicateur et cligne les yeux. Elle s'éclaircit la gorge.

— Taisha... je ne sais pas comment te dire ça. Prends ma main. Mais c'est maître Seke. Les Ocretians sont au courant que tu es là. Ils veulent qu'on te renvoie.

D*rayk*

— B*ordix, bordix, bordix.*

Je donne des coups de poing sur les murs de mon domicile, assez fort pour fissurer la pierre lisse couleur vert émeraude. La douleur de ma chair est la bienvenue et me distrait de celle de mon cœur qui se déchire.

Je suis sur le point d'agresser la structure une fois de plus, mais je m'effondre sur la couchette. Elle a toujours son odeur – celle de Taisha. Je grogne et prends la douce couverture entre mes doigts.

— J'ai été stupide de refuser notre lien.

Personne ne répond puisque je suis seul. Mais elle me vient quand même.

— C'est moi qui ai été stupide.

Ça me fait mal de l'admettre. Un combattant, un soldat, un expert judiciaire… et un idiot.

Oui, c'est ce que je suis.

Je voulais juste… tout avoir. Être vu comme impartial, me garder à part, isolé. Rester loin des émotions, j'ai toujours cru qu'elles m'affaibliraient. Et en même temps, profiter du corps et de l'esprit d'une humaine merveilleuse, Taisha. De m'autoriser à tisser des liens avec un autre être. D'utiliser ces mêmes émotions qui me faisaient peur pour rendre ma vie plus riche.

Et maintenant, j'ai gâché les deux. Le roi Zander voit certainement que je ne suis pas un bon choix pour le système judiciaire. Et Taisha ? Elle a dit tout ce qu'elle voulait.

La douleur dans ses yeux et la manière dont elle m'a regardé ? Je ferais tout pour revenir en arrière. Changer la façon dont j'ai géré les choses.

L'alerte de la porte tinte et Tarak entre sans la moindre hésitation. Il se racle la gorge.

— Il s'est passé quelque chose de sérieux et tu dois le savoir.

— Savoir quoi ?

Je l'examine et son expression me fige.

— Tarak ?

Il garde le silence.

— Parle, je lui ordonne.

Il croise les bras.

— Il y avait de la surveillance vidéo sur Fonquin. Les Ocretians ont découvert que Taisha s'est échappée de Romon-3 et qu'elle a été engagée pour une mission. Ils nous demandent de la leur rendre et menacent de nous attaquer si on ne se soumet pas, ils exigent aussi un butin en guise d'excuse.

Je me relève d'un coup et rugis.

— Non !

Il lève les mains.

— Le roi a ordonné à son conseil de se réunir. Mais c'est un cauchemar diplomatique, auquel il doit répondre immédiatement. Il a envoyé chercher Taisha et on veut que tu...

Il s'interrompt alors que je prends mon sac et touche la console de la porte.

— Dépêche-toi, je rétorque. On n'a pas de temps à perdre. On doit parler au roi.

Il est hors de question qu'on renvoie Taisha. Par les étoiles, je les combattrai tous si je le dois, mais il est impossible que je reconduise cette précieuse humaine vers les monstres contre lesquels elle se bat de toutes ses forces pour les anéantir.

D*rayk*

. . .

Je me précipite vers la salle du conseil bondée du palais. Zander est assis à la tête de la grande table ovale. Un cristal géant zandian en orne le milieu et il projette des arcs-en-ciel partout dans la place. Le groupe de consultants et les plus valeureux guerriers sont déjà à leur poste. L'énergie bourdonne dans la pièce et je sens comme un éclair fuser dans ma colonne vertébrale.

Taisha est debout du côté de baie vitrée avec Mirelle à ses côtés. Je veux courir vers elle, me mettre à genoux pour remédier à cet horrible gouffre entre nous. Ce n'est toutefois pas le moment. Rien de tout ça n'aura d'importance si elle est renvoyée à son propriétaire.

— Nous avons une situation urgente.

La voix du roi Zander résonne dans la pièce.

— Les Ocretians exigent le retour de leur ancienne esclave, Taisha, avec en prime des cristaux et des steins. Ils ont découvert qu'elle s'est échappée quand ils ont vu un holo de sa présence au cours de sa mission sur Fonquin. Si nous ne nous soumettons pas dans les deux prochaines rotations planétaires, ils passeront à l'étape suivante.

— Laquelle ? demande Dr Daneth.

Sa compagne à côté de lui est pâle.

— Ils n'ont pas été clairs sur ça. Ils la jouent de manière évasive. Mais ils ont indiqué que ce serait des manœuvres à la fois militaires et diplomatiques. Probablement une attaque sur Zandia, répond maître Seke.

— Devrions-nous la renvoyer ?

Un jeune guerrier célibataire pose la question depuis un coin de la pièce.

— Apaisez-les. Ensuite, ils nous laisseront tranquilles, non ?

Zander fronce les sourcils en le regardant.

— Tu parles sans que ce soit ton tour. Sors de cette salle du conseil.

Il a de la chance que Zander lui ait demandé de quitter les lieux parce que j'allais lui arracher la langue à mains nues.

— Pardonnez-moi, mon Seigneur.

Je ne peux m'empêcher d'intervenir sans y être invité. Je me moque des impacts sur ma carrière. Toutefois, je tente de paraître aussi calme et sans émotion que possible.

— Il me semble qu'une concession serait un signe parfait de faiblesse et de capitulation forcée.

Je jette un œil autour de la table.

Ce sont les premiers conseillers de Zander qui comptent le plus. Erick, son ambassadeur et consultant politique, Dr Daneth, maître Seke, Lium, son ingénieur. Les mâles plus âgés qui étaient aux côtés de son père. Ceux qui l'ont élevé pour qu'il devienne roi après l'invasion de Zandia. Ceux qui l'ont guidé pour récupérer notre planète.

— La rendre pourrait apaiser le conflit à court terme, intervient Erick.

J'ai envie de lui écraser le visage, même si je sais qu'il raisonne en fonction de la situation.

— Mais si on continue de faire venir des humains sur Zandia, ça se reproduira.

Je serre les poings de chaque côté de moi, je me force à prendre une lente inspiration.

— Si nous accédons à leur demande, ils reviendront sur Zandia chaque fois qu'il leur manquera un esclave dans la galaxie. Ils pourraient réclamer les codes-barres de tous ceux présents sur la planète. Nous avons près d'une centaine d'êtres qui devaient être exterminés sur un de leur vaisseau de mort. S'ils apprennent qu'on les a libérés, ça pourrait déclencher une guerre, dis-je en faisant référence au sauvetage de la sœur de Lamira, qui a donné l'armée d'humains qui s'est battue à nos côtés pour Zandia.

— Tes conseils sont loin d'être objectifs, capitaine Drayk, intervient Lium sèchement.

Je force mes poings à se desserrer.

— Je ne nie pas que j'aimerais réclamer Taisha pour en faire ma compagne.

Pour la première fois depuis mon entrée, elle croise mon regard. Le sien est inquiet. Blessé.

Il me prend aux tripes.

Je le soutiens en parlant.

— J'ai fait une terrible erreur en ne formulant pas de requête immédiatement. Une que je souhaiterais rectifier.

Je déglutis malgré l'étau qui enserre ma gorge.

— Je ne sais pas si elle acceptera. Mais la question n'est pas de protéger l'humaine que je désire réclamer pour moi.

Je regarde le reste des membres du conseil qui se sont liés à une Terrienne – le roi Zander, maître Seke, Dr Daneth, capitaine Rok.

— Il ne s'agit pas que de défendre un être sur Zandia. Mais toutes nos compagnes. Toutes celles que nous avons emmenées ici. Qui ont grandement contribué à notre planète.

— Il est aussi possible que notre refus puisse déclencher un conflit qui mettra en péril tous ceux qui nous ont rejoints sur Zandia.

— Non.

Taisha avance, le menton levé.

— Je ne veux pas exposer un autre humain de cette planète. Je vais me rendre et leur dire que je travaillais seule, sans l'aide de Zandia.

Elle penche la tête.

— Vous n'avez pas à me forcer ou me convaincre. Je vais y aller de mon plein gré.

— Non, je ne te laisserai pas faire.

Les mots sortent avant que quiconque intervienne. Ma voix craque.

— Tu as déjà fait assez de sacrifices pour Zandia.

Je traverse la pièce, je prends sa main. Par les étoiles, elles sont si froides.

À mon grand soulagement, elle ne s'éloigne pas.

Je me tourne vers le roi Zander.

— Mon Seigneur, s'il vous plaît. On ne doit pas la renvoyer. Je m'exprime en tant qu'expert judiciaire, un guerrier avec l'expérience du terrain et... avec mon instinct.

Je secoue la tête.

— Je le sais avec ma raison et mon cœur, mon Seigneur. Si nous la leur rendons, et je ne le dis pas uniquement à cause de mes émotions, mais si on la livre, on ouvrira seulement les digues pour notre fin. Ils vont nous voir comme faibles et malléables. Penser que nous pouvons être dirigés par la peur et selon leur bon vouloir.

Je crois en chacune de mes paroles. Mais ça n'a pas d'importance, parce qu'il est hors de question que je leur donne Taisha. Je me sacrifierai pour la sauver. Je volerais un vaisseau et partirais avec elle d'abord. On se cachera quelque part dans la galaxie.

Je m'arrête, j'examine le visage du roi. Il sait ce que je ressens pour Taisha. Me fait-il toujours confiance en tant que consultant ?

Je crois que mon conseil est plus fort que jamais. Le fait que je sois plus émotionnel ne me freine pas. Je suis persuadé que ça fait de moi un avocat de Zandia encore plus solide, parce que j'ai la ferveur de ma dévotion, celle qui me manquait auparavant. Et c'est Taisha qui me l'a apportée.

Je retiens mon souffle.

À ma grande surprise, il croise mon regard. Comme s'il examinait mon âme et approuvait ce qu'il y voyait. Il hoche la tête.

— Poursuivez, capitaine.

Ma confiance s'accroît en parlant, je me tourne pour m'adresser à toute la pièce, je fixe chaque conseiller dans les yeux.

— Nous devons être forts et rebelles, comme Taisha. Lorsqu'elle s'est échappée de Romon-3. Quand elle s'est engagée pour la mission pour nous afin de récupérer les disques. Elle nous a aussi aidés à faire de Marshan un allié avec les Warks. Le sérum qu'elle a contribué à recréer. Elle a une plus grande valeur en tant qu'amie que comme monnaie d'échange.

Le roi Zander lève une main.

— Nous ne considérons pas l'idée de la livrer. Nous sommes ici pour déterminer d'une politique à mener. Nous savions que ce jour viendrait. Que les Ocretians apprendraient que les humains que nous avons ne sont pas enchaînés. Ce ne sont pas des propriétés. Ils sont intégrés à notre culture.

— Nous étions conscients qu'ils pourraient poser un problème diplomatique avec les Ocretians. Et pour notre planète. Si trop d'esclaves en ont vent et s'échappent vers Zandia, on ne pourra peut-être pas tous leur donner l'asile. Pourtant, on pourrait facilement s'ajuster à la présence de plus de réfugiés. Je ne laisserai pas Zandia perdre son identité. Alors on a besoin de règles pour gérer les immigrants. Et d'une politique pour répondre aux Ocretians.

Un silence s'installe avant que maître Seke intervienne.

— Le capitaine Drayk a vu juste. On ne capitulera pas face aux demandes capricieuses des Ocretians. C'est un test.

Ils vérifient pour savoir si nous sommes des lâches capables d'être bousculés par des menaces.

Du soulagement m'envahit. Je serre la main de Taisha.

Le roi lève un bras.

— Taisha a en effet une grande valeur grâce à ses contributions. Et nous ne créerons pas de précédent en renvoyant un humain en esclavage. Ce n'est pas la faute de Taisha si elle est au centre de la controverse. La vision de Lamira la montrait comme le signe avant-coureur des agressions, mais la retourner ne nous aidera pas.

Taisha s'affaisse à mes côtés et ferme les yeux – de soulagement ? Submergée par ses émotions ?

Je la serre plus près de moi et je suis reconnaissant quand elle s'appuie sur moi.

— Tout va bien maintenant, je lui murmure.

Le roi examine son conseil.

— Alors, quelles sont nos options ?

— On peut jouer les idiots, songe Erick. Continuer à prétendre que les humains sont asservis ici. Ils ne peuvent pas prouver que nous mentons. Aucune loi zandianne n'affirme le contraire. Et nous pouvons leur soutenir que le nouveau propriétaire de Taisha refuse de la céder, mais en compensation, il peut donner à son précédent détenteur le prix normal pour une esclave agricole.

— Ou nous pouvons le déclarer haut et fort maintenant. Annoncer que les humains sont libres sur notre sol. Mais je ne suis pas sûr qu'on soit prêt pour gérer le flux de réfugiés qui risque de venir.

Zander se tourne vers sa compagne. Elle est connue pour avoir des capacités psychiques.

— Tu as des lumières à apporter ?

— Jouer les idiots semble être la possibilité la plus facile. Mais ils vont revenir. Et vite. Vous allez avoir besoin d'une stratégie militaire quand ils vont vous défier directement.

Le roi acquiesce.

— Erick, utilise ta diplomatie. Seke, prépare-toi pour la guerre. Le conseil est terminé.

Tous les êtres dans la pièce se mettent à remuer. Je tire Taisha vers la porte. Dès que nous sommes hors de la salle, je m'arrête pour lui faire face, je laisse les autres passer devant nous.

Je prends son visage entre mes mains.

— Taisha, s'il te plaît, pardonne-moi de t'avoir trompée.

Je la regarde dans les yeux.

— J'ai eu tort et j'ai mis du temps à comprendre combien je maquillais la vérité.

Elle bat rapidement des paupières, mais ne répond pas.

— Je ne cherchais pas à jouer avec tes sentiments ou à tirer des ficelles avec toi. Je...

J'hésite.

— Je te voulais, mais je croyais ne pas le pouvoir. Ni que je le devais. Donc j'ai continué la mascarade.

Elle émet un petit bruit. Je ne peux pas déterminer si elle est heureuse ou pas, alors je poursuis.

— Je n'imaginais pas pouvoir être un bon juge pour Zandia si je laissais mes pensées s'embrumer avec les émotions. Et j'ai appris qu'un peu de sensibilité peut faire travailler mon esprit rationnel d'une manière plus utile. Et encore plus important... Je t'aime.

Mes yeux ont une drôle de sensation. Un peu humides, pour une raison que j'ignore. Je m'en moque. Je pourrai demander au Dr Daneth si c'est une infection plus tard s'il le faut. C'est peut-être de la poussière.

— Je t'aime, Taisha. Je veux que tu sois ma compagne. J'essaierai de réparer mes erreurs toute ma vie. Je te prouverai que je tiens à toi et te fais confiance. Donne-moi une chance.

Pendant un instant, je crois qu'elle va refuser. Répéter qu'elle me hait.

Mais ensuite, la plus belle chose arrive. Elle se penche vers moi et pose une main sur mon visage.

— Drayk, je suis désolée d'avoir dit que je te détestais, dit-elle d'une voix douce et agréable. Je ne le pensais pas, j'étais seulement blessée. Je n'ai jamais cessé de me soucier de toi.

Elle sourit et cela la rend si magnifique que je fonds.

— Je t'aime. Et oui, j'adorerais... être ta compagne.

Elle rougit, baisse la tête, avant de me regarder à nouveau.

Et je me moque de qui peut me voir et ce qui pourrait être dit. De savoir si je pourrais rester impartial pour Zandia. Zander appuie ma décision : la place de Taisha est sur Zandia, toutes les choses commencent à s'aligner.

Je l'embrasse, attire son visage près du mien pour goûter ses douces lèvres et l'envelopper de mes bras.

Des applaudissements épars se font entendre, tout comme des rires et des encouragements. On dirait que les autres accueillent un peu de frivolité au cœur de notre dilemme planétaire.

Zander s'approche de Taisha et moi.

— On a du travail, avertit-il.

Mais ensuite, il pose une main sur mon épaule.

— On a quand même le temps pour que vous puissiez officialiser votre accord, poursuit-il avec un sourire. Un guerrier heureux qui se bat pour l'amour qu'il a à la maison est le plus féroce. Une cérémonie solennelle aura lieu plus tard, quand on aura repoussé l'agresseur, Drayk. Mais vous pouvez prendre le reste de cette rotation planétaire pour faire vos vœux en privé.

Il lève un sourcil et je baisse la tête.

— Oui, mon Seigneur. Merci.

Il me lance un regard complice.

— C'est comme je l'avais prédit.

Je ne suis pas certain d'aimer être prévisible. D'un autre côté, un dirigeant qui peut aussi bien lire en nous est celui qu'il nous faut à la barre alors que nous devons décrypter la façon de gérer la menace ocretienne. Notre roi est sage au-delà de toute mesure.

— Je vais prendre le temps adéquat, je lui promets.

Puis, je murmure à l'oreille de Taisha, pour qu'elle soit la seule à m'entendre.

— Pour te récompenser d'avoir dit oui, mais également pour te punir d'avoir suggéré de retourner vers les Ocretians. Ça mérite de te faire pendre par-derrière, je crois.

Elle glousse et sourit. C'est de la musique pour moi. Elle est de retour ma douce humaine. Maintenant, ma compagne.

— Allons-y.

Je la soulève dans mes bras.

— J'ai l'intention de profiter au maximum de mon temps avec toi.

J'ignore ce que l'avenir réserve à notre planète. Mais je suis confiant. Avec Taisha à mes côtés, dans mon lit et en tant que partenaire de vie, on pourra accomplir tout ce qui est nécessaire pour nous garder – ainsi que Zandia – forts et en sécurité.

• • •

Fin

Pour profiter d'une scène bonus gratuite avec Taisha et *Drayk*, cliquez-ici et inscrivez-vous à ma newsletter:

https://www.subscribepage.com/reneerosefr

Merci d'avoir lu *Détenue par le Zandian*. Si ça vous a plu, merci de laisser un commentaire; ils font toute la différence pour les auteurs indépendants comme moi.

LIVRE GRATUIT DE RENEE ROSE

Abonnez-vous à la newsletter de Renee

Abonnez-vous à la newsletter de Renee pour recevoir livre gratuit, des scènes bonus gratuites et pour être averti·e de ses nouvelles parutions !

Livre gratuit de Renee Rose

https://BookHip.com/QQAPBW

OUVRAGES DE RENEE ROSE PARUS EN FRANÇAIS

www.reneeroseromance.com/francaise/

Maîtres Zandiens

Son Esclave Humaine

Sa Prisonnière Humaine

Le Dressage de Son Humaine

Sa Rebelle Humaine

Sa Vassale Humaine

Son Compaynon et Maître

Animal de Compagnie Zandien

Sa Possession Humaine

Les Épouses Zandiennes

La Nuit des Zandiens

Achetée par les Zandiens

Dominée par les Zandiens

Les Lumières de Zandia

Détenue par le Zandian

Alpha Bad Boys

La Tentation de l'Alpha
Le Danger de l'Alpha
Le Trophée de l'Alpha
Le Défi de l'Alpha
L'Obsession de l'Alpha
L'Amour dans l'ascenseur (Histoire bonus de La Tentation de l'Alpha)
Le Désir de l'Alpha
La Guerre de l'Alpha
La Mission de l'Alpha
Le Fleau de l'Alpha
Le Secret de l'Alpha
La Proie de l'Alpha
Le Sang de l'Alpha
Le Soleil de l'Alpha
La Lune de l'Alpha
La Serment de l'Alpha
La Vengeance de *l'Alpha*

Le Ranch des Loups
Brut
Fauve
Féral
Sauvage
Féroce
Impitoyable

Deux Marques
Indomptée (libre)
Temptée
Désirée
Séduite

Les Nuits de Vegas

Roi de carreau

Atout cœur

Valet de pique

As de cœur

Joker Mortel

Dame de trèfle

Cartes sur Table

Bonne Pioche

La Bratva de Chicago

Prélude

Le Directeur

Le Stratège

Possédée

L'Homme de Main

Le Hacker

Le Bookmaker

Le Nettoyeur

Le Coureur

Le Gardien

Série Made Men

Ne m'Aguiche Pas

Ne me Tente Pas

Ne m'Oblige Pas

Dompte-Moi

Son Maître Royal

Oui, Docteur

Son Maître Russe

Son Maître Marine

Soumise à leur Punition

Son Maître Pompier
Son Maître Cuistot

Alpha des montagnes
Le héros
Rebel
Le Guerrier

Série Chicago Sin
Nid de Péché
Ancré dans le Péché

À PROPOS DE RENEE ROSE

RENEE ROSE, AUTEURE DE BEST-SELLERS D'APRÈS USA TODAY, adore les héros alpha dominants qui ne mâchent pas leurs mots ! Elle a vendu plus d'un million d'exemplaires de romans d'amour torrides, plus ou moins coquins (surtout plus). Ses livres ont figuré dans les catégories « Happily Ever After » et « Popsugar » de USA Today. Nommée *Meilleur nouvel auteur érotique* par Eroticon USA en 2013, elle a aussi remporté le prix d'*Auteur favori de science-fiction et d'anthologie* de Spunky and Sassy, e celui de *Meilleur roman historique* de The Romance Reviews. Elle a figuré dix fois sur la liste des best-sellers de USA Today avec ses livres Bratva de Chicago, Wolf Ranch et Bad Boy Alpha et plusieurs anthologies.

Abonnez-vous à la newsletter de Renee pour recevoir des scènes bonus gratuites et pour être averti·e de ses nouvelles parutions!
https://www.subscribepage.com/reneerosefr

À PROPOS DE REBEL WEST

Rebel West crée des romans de science-fiction futuristes qui se déroulent sur la planète Luminar. Ses habitants sont beaux et bien pourvus, avec des abdos en béton, des yeux bleu nuit et un penchant dominateur qui va vous couper le souffle.

Rebel West coécrit la série de harem inversé des Épouses Zandiennes avec Renee Rose.

Elle écrit également des romances autonomes sous le nom d'Alexis Alvarez.

www.ingramcontent.com/pod-product-compliance
Lightning Source LLC
Chambersburg PA
CBHW050154120726
47903CB00002B/625